Für Jörg

Dank an Katja und Hanni

Inessa

Die Stadt der Verlorenen

von

Caroline Susemihl

„Es ist besser, einen Tropfen Licht zu geben oder zu empfangen, als einen Ozean von Dunkelheit."

Josef Joubert

Bibliografische Information der Deutschen National-bibliothek:
Die Deutsche Nationalbibliothek verzeichnet diese Publikation in der Deutschen Nationalbibliografie; detaillierte bibliografische Daten sind im Internet über http://dnb.dnb.de abrufbar.

Illustration: **Jörg Susemihl**

Herstellung und Verlag: BoD – Books on Demand, Norderstedt

ISBN: 978-3-7357-8058-4

Inhaltsverzeichnis

Selena

Die schwere Eichentür von Victors Domizil fällt ins Schloss. Selena Marais tritt an das Panoramafester und hält einen Moment inne. Sie fühlt sich jämmerlich, hasst sich dafür, dass sie seinen Auftrag annehmen muss, weil ihr keine andere Wahl bleibt. Nur Victor hasst sie mehr.

Üblicherweise sagt der Führer des Sicherheitsrates, wenn er ihre Dienste in Anspruch nimmt: neutralisieren. Diesmal lautet die Anweisung: „eliminieren". Selena weiß, dass sie einen Menschen mit Hilfe ihrer Kräfte töten kann. Mit Schrecken erinnert sie sich an den Tag, an dem dieser Umstand beinahe eingetreten wäre. Nur ein Zufall bewahrte sie davor diese Schuld auf sich zu laden. Nun verlangt Victor, dass sie einem Menschen das Leben nehmen soll, ohne zu wissen warum.

Alles in Selena sträubt sich gegen diesen Befehl. Ihr Vater Sandor schärfte ihre ein die Gabe, wie er es nannte, zum Guten einzusetzen. Menschen von ihren Leiden zu heilen.

Wenn Selena die Regeln zu recht biegt, kann sie sich einreden, Menschen zu heilen, indem sie sie vergessen lässt und so vor einem qualvollen Tod bewahrt.

Bis heute reichte Victor dieser Dienst. Was hat Gavin Harris verbrochen, dass der Lordprotektor ihn tot sehen will? Allein darüber nachzudenken kann Strafe nach sich ziehen, aber Selena will keiner dieser abgestumpften Soldaten sein, die Victor sonst herumkommandiert und vor Angst erzittern, wenn sie seinen Namen hören. Sie denkt, was sie für richtig hält. Selena muss sich diese Autonomie bewahren, um sich einen winzigen Rest von Würde zu erhalten.

Die Machtzentrale von Inessa liegt in der gläsernen Kuppel des Dome. In die heilige Halle erlangt man nur auf Victors ausdrückliche Einladung Zutritt. Es herrscht eine beinahe sakrale Stille. Versonnen betrachtet Selena die silberglänzenden Wolkenkratzer, deren Fenster das Licht der Morgensonne tausendfach wiederspiegeln. Ihr erhabener Standpunkt gewährt ihr einen fantastischen Ausblick über die einzige Stadt des neuen

Reiches. Sie ist so gigantisch, dass Selena das Ende und den Anfang mit bloßem Auge nicht ausmachen kann. Der große Krieg dauerte lange und machte alles zunichte. Inessa ist der Schmelztiegel, in den sich die Überlebenden flüchteten und Victor ist der unumschränkte Herrscher im Elfenbeinturm. Um diesen Zustand beizubehalten ist er bereit alles zu tun.

Erschöpft lehnt Selena ihre Stirn gegen das kühle Glas und schließt für einen Moment die Augen. Die glatten Fassaden sollen die Menschen darüber hinwegtäuschen, dass Wohlstand und Frieden ohne Anstrengung nicht zu bekommen sind. Die Opfer sieht niemand, der nicht hinsehen will. Das wollen die Wenigsten. Und die, die es tun, bezahlen ihre Erkenntnis mit Vergessen oder dem Leben. Der größte Teil der Bürger von Inessa lebt in sterilen Wohnsilos, deren Anblick sich zusehends schäbiger gestaltet, je weiter man sich vom Kern der Stadt entfernt. Sie verrichten monotone Arbeit und lassen sich vom System versorgen, ohne zu fragen, ob es außerhalb von Inessa mehr gibt, als Brot und

Spiele. Victor hält sie in einem leeren geistlosen Zustand.

Zu Beginn, so erzählte Professor Marais seiner Tochter, löschte Victor jeden aus, der sich einen Fehltritt erlaubte, mochte er noch so unbedeutend sein. Herrsche durch Furcht. Einer der Leitsprüche des Tandark Clans, wie Victor sie auslegt. Inzwischen sind die Leute konditioniert. Sie fügen sich. Victors Vollstrecker verkommen zu einer trägen Truppe, bessere Hauswarte einer drögen Stadt. In einigen schlummert ein Andenken an frühere Tage, in denen die Menschen vor Furcht erzitterten, wenn man sie nur erwähnte. Ab und an lodert eine Flamme der Brutalität in ihnen auf und richtet sich gegen Unbeteiligte, die das Pech haben sich in ihrem Dunstkreis zu befinden.

Mit Schrecken erinnert sich Selena an den letzten erbarmungslosen Übergriff einer Einheit Miloten. Sie ließen ihre Aggressionen an einen Arbeitstrupp aus, der ihrer Meinung nach nicht schnell genug arbeitete. Auf Victors Befehl hin, musste Selena sich darum kümmern, den Schaden zu begrenzen. Sie heilte die Überlebenden. Dafür ging sie an ihre Grenze. Es dauerte zwei Tage, bis sie sich von den körperlichen Strapazen erholte. Ob ihre Seele von den vielen Wunden je genesen wird, ist fraglich.

Selena hat keine Angst vor den Miloten. Die im Dome Dienst tun, fürchten sie. Sie kennen ihre Gabe. Victors Schlächter haben Angst vor einer Heilerin, die ihre Kräfte gebraucht im Namen des Lordprotektors Menschen zu manipulieren. Selena weiß, dass es keine Hoffnung auf eine Änderung der Strukturen gibt, so lange Victor lebt. Das liegt nicht in den Charaktermerkmalen seines Clans. Die Tandarks wurden als Krieger geschaffen.

„Eines Tages", seufzt Selena. Ihr Atem hinterlässt einen blinden Fleck auf der Scheibe.

Ihr Vater glaubte fest daran, dass es in Zukunft möglich sein würde außerhalb von Inessa zu überleben. Er versuchte diesem System aus Täuschung und Lüge etwas entgegen zusetzen. Es kostete ihn das Leben und verflocht Selena in Victors Fangnetze. Tausendmal suchte sie nach einem Ausweg und scheiterte.

Sie darf ihren Bruder Alain, den Victor gefangen hält, nicht im Stich lassen. Sie sind die letzten Überlebenden des Soleas Clans. Das Erbe muss weiter getragen werden. Ein Ruck geht durch Selenas schlanken Körper. Sie richtet sich auf, strafft die Schultern und atmet tief durch. Wenn sie Gavin Harris bis zum nächsten Sonnenaufgang unschädlich macht, darf sie Alain endlich wiedersehen. Victor hat es ihr versprochen. Wenn nicht – daran wagt Selena nicht zu denken.

Sie geht den langen lichtdurchfluteten Flur entlang und drückt auf den Knopf des Fahrstuhls. Ein leises Summen erklingt zum Zeichen, dass er sich in Bewegung setzt.

Selena verhielt sich in den letzten Monaten so kooperativ wie möglich. Sie hofft, das Privileg des Besuchs nutzen zu können, mit Alain zu fliehen. Es gibt einen Ort, von dem ihr Vater erzählte. Außerhalb. Dorthin müssen sie es schaffen. Selena akzeptiert, dass es keinen anderen Weg gibt. Gavin Harris Leben für das ihres Bruders. Licht und Finsternis liegen dicht nebeneinander. Diese trennt nur eine Haaresbreite.

Falle für Gavin Harris

Victor schließt die Augen. Er atmet tief
durch. Saugt den letzten Rest von Selenas
Duft auf. Seine Hände sind zu Fäusten ge-
ballt. Ihre Anwesenheit verlangt Victor ungeheure Selbstbeherrschung ab. Er verabscheut sie. Selena verkörpert alles, was er
nicht ist und ein Leben lang verachtete. Wie
alle Frauen des Soleas Clans ist sie intuitiv,
mitfühlend, hingebungsvoll und anmutig.
Und doch übt Selena eine obsessive Faszina-
tion auf Victor aus. Die Gier sie zu besitzen
ist ein quälender Stachel in seinem Fleisch.

Victor geht auf eine perfekt getarnte Tür
zu. Nahtlos fügt sie sich in die dunkle
Wandverkleidung ein. Sacht drückt er auf
eine kleine Vertiefung neben der Tür. Lautlos schwingt sie auf. Victor betritt den dahinter liegenden Raum. Es herrscht Dunkelheit
und Stille. Seine Nervosität legt sich in der

reizfreien Umgebung. Die langen Jahre des Krieges haben seinen Feuergeist mit Hass und Grausamkeit aufgeladen und machen ihn zu einem Gefangenen seiner selbst.

Tatsächlich nehmen Victors Sinne die Umgebung ungleich schärfer wahr und sind leistungsfähiger, als die normaler Menschen. Er kann an einem Rascheln erkennen, was in der nächsten Sekunde passiert. Geräusche, Gerüche und Farben empfindet Victor mit einer beinahe schmerzhaften Intensität. Ein Vorteil im Kampf, ein Nachteil im Alltag. Er hasst Menschenansammlungen, Licht und Lärm. Deswegen ist die Inneneinrichtung seiner Räume in gedeckten Farben der Braunpalette gehalten, die Fenster mit einer besonderen Beschichtung gegen die Sonneneinstrahlung versehen und der ganze Bereich hat eine Schalldämmung.

Der Lordprotektor lebt in einem Vakuum, damit beschäftigt seine Emotionen und seine Stadt zu kontrollieren.

Langsam beruhigt sich Victors aufgepeitschter Herzschlag. Einmal mehr verflucht er den Umstand Selena nicht einfach nehmen zu können. Victor braucht sie, um sich endgültig der Bastarde seines Bruders zu entledigen. Aus einem mysteriösen Grund üben die Soleas Frauen eine geradezu hypnotische Wirkung auf die Männer des Tandark Clans aus.

Gavin und Lance werden kommen. Selena wird sie zu ihm führen. Er muss sie nur noch töten. Langsam und qualvoll. Die erhebende Vorstellung der endgültigen Ausrottung der minderwertigen Nachkommen Alexanders aus der entehrenden Verbindung mit dem Soleas Clan lässt ein grausames Lächeln um Victors volle Lippen spielen. Am Ende wird Selena ihm gehören und sie werden hilflos mit ansehen müssen, wie er Selena zu seiner Hure macht. Ihr Körper wird seine Belohnung sein.

In dem versteckten Raum stehen zehn mannshohe Behälter, in denen ein sanftes Leuchten glüht. Victor geht von einem zum anderen. Betrachtet den Inhalt. Zehn muskelgestählte Körper schweben in zähflüssiger Nährlösung. Sie tragen Atemmasken. Ihre Augen sind geschlossen. Euphorie durchströmt ihn. Wie früher, wenn er kurz vor einer Schlacht stand. Es zählt nur der Sieg. Adrenalin fließt wie Feuer durch Victors Adern und lädt seine Kräfte auf.

Er bleibt vor dem letzten Behälter stehen. Professor Marais leistete die Vorarbeit für die verbesserten Krieger. Mit seiner Hilfe wäre es schneller vonstatten gegangen. Bedauerlicherweise stellte sich der Professor gegen den Lordprotektor, als er erkannte, zu welchem Zweck seine Forschung dienen sollte. Vor seinem Tod vernichtete er den Großteil der Forschungsunterlagen. Es dauerte Jahre, bis die stümperhaften Quacksalber, die den Krieg und Victors Säuberung überlebten, Professor Marais Forschung beenden konnten.

Der größte Teil der Wissenschaftler, die Victors Reinigungsaktion zum Opfer fielen, bestand aus Angehörigen des Soleas Clans. Die verbliebenen Forscher bestanden aus Ausschussware. Ihnen fehlte das gewisse Etwas. Dazu kam der Umstand, dass nicht jeder menschliche Körper die Tortur der „Optimierung" aushalten konnte. Viele Versuchsobjekte gingen qualvoll zugrunde. Für Victor ein entbehrliches Opfer mehr. Krieg ist Krieg und rechtfertigt die Mittel, die zum Sieg nötig sind.

Das Werk ist endlich abgeschlossen. Die Krieger einsatzbereit. Seelenlose Tötungsmaschinen, die nur einem Meister gehorchen und nicht durch irgendwelche Gedankenzauberei manipuliert werden können. Es wird Zeit ihre Tauglichkeit zu testen.

Idris

Idris beobachtet Selena heimlich in den Spiegeln, mit denen der Aufzug ausgestattet ist. Ihre melodiöse Stimme regt seine Fantasie an, wenn sie ihn freundlich grüßt und die Nummer des Stockwerks nennt. Sie will immer in dieselbe Etage, wenn sie den Dome aufsucht, zum Lordprotektor. Trotzdem wartet Idris jedes Mal, dass Selena es ausspricht. Nur um ihre Stimme zu hören. Dann lächelt sie ihm zu, als wüsste sie von seinen Gedanken und sein Herz zittert für einen köstlichen Moment.

Im Dome haben Frauen keinen Zutritt, die ihn bekommen, erregen Aufmerksamkeit. Selena gehört zu den persönlichen Mitarbeitern des Lordprotektors. Sie ist schlank und doch befinden sich ihre Rundungen an den dafür vorgesehenen Stellen. Ihren biegsamen Körper versteckt sie in einem hochgeschlossenen schwarzen Leinenkimono mit passender Hose. Idris wundert sich, dass ihre Kleidung keines der Embleme aufweist, wie es unter den Gefolgsleuten des Lordprotektors üblich ist. Zum wiederholten Mal fragt er sich, welche Dienste sie leistet. Fasziniert starrt Idris auf ihre langen blonden Haare, die in einen strengen Zopf eingeflochten sind.

Die Frauen von Inessa tragen ihre Haare sehr kurz. Dies soll ihre Gleichstellung mit den Männern signalisieren, ebenso die schmucklosen Uniformen. Nur ganz bestimmte Frauen haben lange Haare und kleiden sich in besondere Gewänder. Über diese Frauen muss Idris Stillschweigen bewahren, wenn er sie mit dem Aufzug in die obere Etage des Dome bringt. Er bewundert ihre Schönheit. Der unbändige Wunsch eine dieser Frauen in den Armen zu halten, sich dem Zauber ihrer Haare, ihrer Haut und ihres süßen Duftes hinzugeben, brennt in seinen Adern.

Selena ist keine von diesen besonderen Frauen, doch zu den Frauen von Inessa gehört sie ebenfalls nicht. Ihre geschmeidigen Bewegungen, der aufmerksame Blick, das Leuchten ihrer grünen Augen, der sanfte Ton ihrer Stimme, wenn sie ihn grüßt. Das muss die Seele sein, von der seine Großmutter Nena immer spricht. Idris bemerkt viele Dinge, aber er verliert kein Wort über seine Beobachtungen. Er stiehlt mit den Augen, wie Nena ihn ermunterte, seit er ein kleiner Junge war.

Noch lange, nachdem Selena den Lift verlassen hat, sieht er ihr Bild im Geist. In seinen Träumen löst sie den Zopf nur für ihn und eine Kaskade aus goldenen Haaren wirft ihren Glanz von den Spiegeln zurück, was ihn mit unbändiger Freude erfüllt.

Freiheit für Gedanken

Selena lächelt. Der Junge im Aufzug beobachtet sie immer sehr genau. Er ist eine der wenigen Personen im Dome, die Selena mit Namen kennt. Das mag daran liegen, dass er nicht wie die anderen Miloten stumpf seinen Dienst versieht und an einem gewissen Gleichklang ihrer Gedanken. Selena ist oft versucht mit Idris zu sprechen, aber im Dome gibt es überall Kameras und Mikrofone. Selena schweigt, um ihn nicht in Gefahr zu bringen.

Dass Idris keine „reinen" Gedanken hegt, wie sie von den Ausbildern Inessas propagiert werden, weiß Selena. Einmal beobachtete sie aus Neugier seine Gedanken. Ihr Vater hätte sie getadelt. - Es gehört sich nicht, heimlich in einen anderen Menschen hinein zu sehen - hörte sie ihn sagen. Gedanken sollen frei sein, denkt sie. Ein flaues Gefühl breitet sich in ihr aus. Dafür gab ihr Vater sein Leben.

Selena erreicht die Sicherheitsschleuse und schreitet gleichmütig hindurch. Sie muss nichts verbergen. Ihre Kraft liegt in ihrem Inneren. Dafür gibt es keine Scanner. Der zuständige Beamte blickt kurz auf, nickt ihr zu und beugt sich wieder über seine Formulare.

Sie verlässt den Bereich der Aufzugschächte. Der weiße Marmorboden blendet sie. Er erstrahlt im Licht der Morgensonne, die durch die Fensterfront fällt und den Dome wie eine gläserne Glocke umschließt. Selena kneift die Augen zusammen, tastet nach ihren Sonnengläsern und setzt sie auf. Geistesabwesend durchquert sie die Eingangshalle.

Idris ist harmlos. Ein Träumer, den seine Fantasie vor der Leere bewahrt. Im Gegensatz zu den Gedankenkonstrukten, die Victor als die reinste Form der Wahrheit festschreibt. Bei ihm nehmen die Gedanken eine andere Form an. Das hat nichts mit Romantik zu tun, wie bei dem verliebten Jungen. Im Gegenteil. Seine Gedanken sind finsterer, als es die Nacht je sein könnte. Durchtränkt mit Bosheit und Gewalt.

Victors Anspielungen und Zweideutigkeiten ignoriert sie geschickt. Bei ihren Begegnungen herrscht eine gefährliche Spannung zwischen ihnen und es läuft ihr eiskalt den Rücken herunter. Davon abgesehen, dass er das Urteil über ihren Vater verhängt hat, umgibt ihn eine schwarze Aura aus Brutalität. Es kommt aus seinem Geist und Herzen. Selena vermutet, dass es ein schreckliches Erbe seines Clans ist.

Der Tandark Clan wurde von der nördlichen Allianz für den Krieg geschaffen, wie die Angehörigen ihres Clans zur Heilung. Nachdem Krieg versuchte die siegreiche Allianz die überflüssig gewordenen Tandarks auszuschalten. Aber ihre Geschöpfe wendeten sich gegen sie und rissen die Herrschaft über die Überlebenden an sich.

Die Treffen mit Victor sind eine Zumutung für Selena. Seine Bosheit empfindet sie als körperlichen Schmerz. Was er von ihr will, weiß sie genau. Es kostet Selenas große Selbstbeherrschung nicht sofort die Flucht zu ergreifen. Sie versucht diese Unterredungen so schnell wie möglich zu beenden. Victors Nähe ist ihr unerträglich.

Selena hat beinahe den Ausgang erreicht,

als der diensthabende Sicherheitsbeamte am Empfang sie zurückruft.

„Legat Selena! Einen Moment."

Sie bleibt stehen und geht zum Empfangstresen. Dieser ist mit einem Arsenal von Bildschirmen bestückt, die Einblicke in fast jeden Winkel des Dome gestatten. Der Mann begafft sie von oben bis unten. Sein sezierender Blick ist Selena unangenehm. Ihr Rang würde ihr erlauben den Milo zu rügen, aber sie will keinen unnötigen Ärger. Um ihre Abneigung zu verbergen, ringt sich Selena ein Lächeln ab.

„Der Lordprotektor lässt sagen, du hast die Dokumente in seinem Büro vergessen", er grinst breit.

Selena ahnt, in welche Richtung seine Gedanken gehen. Was für ein Ekel, denkt sie.

„Ich habe sie nicht vergessen. Alles, was ich wissen muss, ist mir bekannt", sagt Selena ungeduldig und tippt sich mit dem Zeigefinger an die Stirn.

Obwohl diese Informationen nicht vollständig sind, überlegt Selena. Es gibt nur ein Bild von Gavin, ein paar Orte, an denen er sich aufhalten könnte, mehr nicht. Sehr dürftig und im Grunde nicht hilfreich. Das sieht Victor nicht ähnlich, der normalerweise alles über seine Opfer in Erfahrung bringt.

„Und was soll ich jetzt tun?"

Der Mann glotzt sie aus wässrigen Augen an und wischt die aufkommenden Schweißtropfen mit einem Taschentuch von den Schläfen. Selena spürt das Dilemma, in dem er sich befindet. Eine Ironie des Systems. Befehlsempfänger sind leichter zu lenken, aber wenn etwas Unerwartetes geschieht, wirft sie das aus der Bahn. Selena verkneift sich ein Grinsen.

„Du rufst zurück und sagst, ich hätte alle Informationen, die nötig sind", weißt Selena ihn an, „der Lordprotektor wird damit zufrieden sein."

Selena geht am Eingangsscanner vorbei, lässt ihre Sicherheitskarte auslesen und verlässt den Dome. Sie versucht das beklemmende Gefühl abzuschütteln, das sich jedes Mal auf ihre Seele legt, wenn Victor sie zu sich ruft.

Eilig überquert sie den leeren Vorplatz und

folgt der Allee der Nationen, Inessas Pracht-
straße. So früh sind nur vereinzelt Menschen
unterwegs. Rechts und links der breiten Ra-
batten fahren silberglänzende Kehrmaschi-
nen mit leisem Brummen über die Gehwege.
Sie sehen aus wie überdimensionale Eier, die
jedes kleine Stäubchen einsaugen.

Im Schatten einer Kastanie bleibt Selena
stehen und atmet tief durch. Die Morgenluft
ist noch kühl und frisch. Das ändert sich,
wenn in einer Stunde der Betrieb einsetzt
und das Abluftsystem von Inessa die ver-
brauchte Luft nicht mehr bewältigen kann.
Die Schutzhülle, die die Stadt umgibt, soll
unerwünschte Strahlungen fernhalten, be-
hindert im Gegenzug aber den Sauerstoff-
austausch.

Selena genießt den Duft der Rosen und das
liebliche Plätschern der Brunnen. Sie mag
diesen Ort. Er ist einer der Wenigen in Inessa, an dem es Pflanzen gibt. Leider liegt er in
unmittelbarer Nähe des Dome, dessen Präsenz alles überschattet.

Ihre Gedanken kehren zu Gavin Harris
zurück. Warum ist es Victor so wichtig, dass

sie ihn eliminiert? Erneut läuft ihr ein unbehaglicher Schauer durch den Körper. Sie ruft sich sein Bild ins Gedächtnis. Ein harter, beinahe feindseliger Gesichtsausdruck springt ihr entgegen. Gavins zusammengezogene Augenbrauen bringen zwei steile Falten über der Nasenwurzel zum Vorschein. Die Kälte seiner blauen Augen verstärkt diesen Eindruck. Kurze dunkle Haare sind streng frisiert. Im Gegensatz dazu steht der sinnliche Mund mit den ausgeprägten, vollen Lippen. Für den Bruchteil einer Sekunde beschleunigt sich Selenas Herzschlag. Sie schreibt es der bedrückenden Situation zu.

Selena spaziert nachdenklich die Allee hinunter. Bevor sie Gavin aufspürt, gilt es ein paar Dinge zu erledigen. Am Ende der Promenade biegt sie in die Straße des Friedens ein. Drei Blocks weiter erreicht sie ihr Wohnhaus. Eins der wenigen Häuser, die den letzten Krieg überdauerten. Dort wohnen die bevorzugten Mitarbeiter des Lordprotektors.

Selena logiert in einem zwei-Zimmer-

Appartement, das sich grundlegend von denen anderer Einwohner der Stadt unterscheidet. Ihre Räume sind mit den alten Möbeln ihres Vaters eingerichtet und auf den polierten Holzdielen liegen weiche Teppiche. Selena besitzt so viele Bücher, dass die Regale sie nicht fassen können. Nachdem der Lordprotektor sie für vertrauenswürdig erachtete in dieses Wohnhaus zu ziehen, brachte sie heimlich sämtliche Bücher ihres Vaters dorthin.

Sie öffnet die Haustür und betritt den Flur, der mit einer hohen Stuckdecke ausgeschmückten ist. Ungeduldig eilt sie die roten Granitstufen empor, bis ins Dachgeschoss. Sie zieht ihre Sicherheitskarte durch den Schlitz an ihrer Wohnungstür. Ein leises Surren ertönt. Das Schloss springt auf und gibt Selena den Weg in ihr Appartement frei

Eine Stunde später verlässt Selena ihre Wohnung wieder. Nun trägt sie einen schwarzen Overall aus weichem Leder unter einem langen Mantel. Die auffälligen Haare werden von einer Kapuze verdeckt. Ihre Füße stecken in leichten Stiefeln mit Kreppsohle. Das ermöglicht ihr geräuschlos zu gehen und macht ihren Tritt standfester. Sie denkt an ihren Vater und leistet im Stillen Abbitte. Für ihn ist Gewalt nie eine akzeptable Lösung gewesen. Selena schämt sich diesen Weg zu beschreiten. Sie fühlt sich elend und verachtet sich für ihr Vorhaben. Was immer Gavin Harris getan hat, sie ist nicht sein Richter oder Henker. Nur der Gedanke an Alain verhindert, dass sie ihren Entschluss nicht aufgibt.

Wenn es nur um mich geht, könnte ich Nein sagen, denkt Selena resigniert, allein zu sein ist schlimmer als der Tod. Aber Selena hat Alain. Ihr Bruder ist zwölf Jahre alt. Ein unschuldiges Kind, das ihre Hilfe braucht. Der Gedanke treibt sie vorwärts, entschlossen Gavin Harris zur Strecke zu bringen.

Suche

Selena sucht systematisch die verschiedenen Orte auf, an denen Gavin Harris angeblich gesehen wurde. Keiner zeichnet sich durch eine Besonderheit aus. Es erstaunt sie, dass dieser Mann in einer so gut überwachten Stadt auf - und untertauchen kann, wie es ihm beliebt. Entweder decken ihn mehr Helfer, als Victor lieb sein kann oder er ist ein Phantom. Andererseits macht Not erfinderisch.

Es ist später Nachmittag, als Selena die letzte Adresse auf ihrer Liste erreicht. Sie befindet sich in einem der äußeren Randbezirke von Inessa. Die Wohnblocks sind abgewohnt und schäbig. Der Putz blättert an vielen Stellen von den Wänden. Die Fenster gleichen kleinen Löchern und die winzigen Balkone sind verwaist. Selena bedauert die Bewohner. Was haben sie getan oder nicht getan, dass sie hier strandeten?

Solange ihr Vater am Leben und einer der führenden Wissenschaftler von Inessa war, hat sich Selena keine Gedanken über solche

Probleme gemacht. Sie war jung und naiv und ihr Vater beschützte sie vor allen Härten. Nachdem Professor Marais bei dem System in Ungnade fiel und hingerichtet worden war, sahen die Dinge anders aus. Alain war ein Kleinkind, als ihn Victor in seine Obhut nahm, wie er es sarkastisch nannte, und Selena wurde zu seiner Mitarbeiterin.

Nie lässt Victor es aus, sie daran zu erinnern. Er genießt es, dass Selena unter diesem Makel leidet. Immer wieder verspricht er ihr, dass sie Alain besuchen darf, wenn sie seine Aufträge ausführt. Er hält seine Versprechen nur sporadisch, wie es ihm beliebt. Victor weidet sich an der Trauer und der hilflosen Wut in ihren Augen, wenn sich ihre Hoffnungen nicht erfüllen. Selena will sich die Enttäuschung nicht anmerken lassen. Es gelingt ihr selten. Schmerzlich vermisst sie die Liebe ihres Vaters und die Harmonie einer Familie. Sie lebt für die wenigen Augenblicke, die sie mit Alain verbringen darf. Es hält sie am Leben.

Selena schaut an dem schmucklosen Wohnblock auf. Sie zählt 20 Stockwerke auf einer Länge von etwa 200 Metern. Das Klingelbord nimmt beide Seiten des Eingangsbereichs ein. Trotz des heruntergekommenen Hauses sind die Klingeln fein säuberlich beschriftet. Bei der Anzahl von Wohneinheiten ist es nicht möglich festzustellen, in welcher sich Gavin Harris versteckt halten soll. Clever, denkt Selena, abtauchen in der Masse.

Ihr Blick schweift über die verschiedenen Namen auf den Schildern. Nichts Auffälliges zu entdecken. Während sie überlegt, wie sie das Problem angehen soll, öffnet sich die Tür und ein älterer Mann kommt heraus. Selena bemerkt, wie abgetragen seine Kleidung ist. Er sieht blass und abgemagert aus. Der Mann beäugt Selena misstrauisch. Der lange schwarze Mantel und die Kapuze, die ihr Gesicht überschattet, sind ihm unheimlich. Er will schnell an ihr vorbei huschen. Selena verstellt ihm den Weg, schlägt die Kapuze zurück.

„Entschuldige bitte, könntest du mir eine Auskunft geben", fragt Selena höflich.

Der Mann bleibt in sicherer Distanz stehen. Selenas Erscheinung strahlt Autorität aus.

Wachsam beobachtet er jede ihrer Bewegungen.

„Mal sehen", murmelt er.

Selena macht einen Schritt auf ihn zu. Der Alte weicht zurück. Auf seinem von Falten durchzogenen Gesicht macht sich ein furchtsamer Ausdruck breit. Selena bleibt stehen und lächelt, aber die Geste überzeugt ihn nicht mehr Zutrauen zu fassen. Selena kann es ihm nicht verdenken. Er ist in einem Alter, in dem er sich an Victors Säuberungsaktionen erinnern kann.

„Kennst du deine Mitbewohner gut?"

„Wie meinst du das?", fragt er irritiert und weicht noch einen Schritt zurück.

„Weißt du, wer deine Nachbarn sind? Wie sie heißen?"

Selena spürt die Angst des Mannes fast körperlich. Ein Schaudern fährt durch seine Glieder und seine Pupillen weiten sich.

„Nein."

Er presst die schmalen Lippen zu einem dünnen Strich zusammen. Der Mann wirkt wie paralysiert. Selena ist klar, dass er ihr nichts sagen wird. Sie überlegt ihm die Information einfach zu entreißen. Eine Berührung und sie könnte sein Gehirn durchsuchen. Selena seufzt. Das ist es nicht wert. Sollte Gavin dem alten Mann irgendwann einmal über den Weg gelaufen sein, was nützt es ihr bei der Suche?

„Danke", Selena nickt ihm zu. Der Mann will sich hastig entfernen, als sie sich noch einmal an ihn wendet, „kannst du mir sagen, ob es leere Wohnungen in deinem Block gibt?"

Der Alte hält inne und antwortet mit zitternder Stimme:

„Nicht, dass ich wüsste. Vielleicht im Erdgeschoss. Da wohnen die Leute nicht gerne."

Er fügt es fast entschuldigend hinzu, dann eilt er davon, als hätte Selena ihm mit körperlicher Züchtigung gedroht. Sie betritt das Haus und nimmt einen muffigen, feuchten Geruch wahr. Hier würde ich in keiner Etage gerne wohnen, geht es Selena durch den Kopf. Im Foyer befinden sich vier Fahrstühle. Rechts und links, durch Stahltüren getrennt, befinden sich lange dunkle Flure.

Selena entscheidet sich für die rechte Seite.

Sie drückt den Lichtschalter. Tatsächlich flammen alle Glühbirnen auf. Allerdings sind die Lampen soweit voneinander entfernt, dass die Beleuchtung gerade ausreicht, um nicht über die eigenen Füße zu stolpern. Es ist ungewöhnlich still. Selena hört nur ihre Schritte und ihren Herzschlag. Wachsam nähert sie sich dem Ende des Flurs. Wenn es eine leere Wohnung gibt, dann die Eckwohnung. Von dort hat man den größten Rundblick auf die nächste Umgebung, vermutet Selena und sie täuscht sich nicht. Als sich auf ihr Klopfen niemand meldet, öffnet sie die Tür mit einem Dietrich. Tatsächlich ist die winzige Wohnung leer. Auffällig leer. Der Boden ist staubfrei, die Fensterbänke sind abgewischt, selbst das winzige Bad glänzt. Selena erinnert sich an mindestens drei der Orte, die sie kontrolliert hat, die genauso reinlich waren. In zwei Wohnungen befanden sich ein paar Möbelstücke, aber keine Hinweise auf einen Bewohner. Zufall oder Absicht?

Selena geht zum Fenster und wirft einen Blick auf die Straße. Niemand zu sehen. Ein geeignetes Versteck, wenn man Wert darauf legt möglichst wenig Leuten zu begegnen. Andererseits fragt sich Selena, ob Gavin Harris in dieser Gegend nicht deshalb auffällt, weil so wenig Betrieb ist.

Es hilft nichts. Selena ist keinen Schritt weiter. Von Gavin Harris keine Spur. Sie hat den Verdacht, dass die angeblichen Aufenthaltsorte ein einziges Täuschungsmanöver sind. Sie sind für jeden frei zugänglich. Es gibt keine besonderen Möglichkeiten sich zu verstecken oder zu flüchten. Gavin kann nicht so dumm sein, seinen Kopf auf das Silbertablett zu legen, wenn er weiß, dass der Lordprotektor es auf ihn abgesehen hat.

Die andere Möglichkeit besteht darin, dass Gavin seine Verstecke sehr häufig wechselt. Selena ist mit ihrer Weisheit am Ende. Wenn sie nicht bald eine gute Idee hat, wie sie Gavin aufspüren kann, dann hat sie ein echtes Problem. Geduld ist keine von Victors herausragenden Eigenschaften.

Selena verlässt das Haus. Sie hat das Gefühl beobachtet zu werden. Unauffällig sucht sie die Umgebung ab. Es ist niemand zu sehen, aber den Eindruck, nicht allein zu sein, kann sie nicht abschütteln. Gemächlich geht sie die Straße hinunter. Victors Vertrauen in sie scheint nicht groß zu sein.

Nur noch ein paar Schritte und Selena erreicht die Einmündung einer kleinen Gasse. Sie biegt um die Ecke und rennt sofort los. Dicht an den Häuserwänden entlang. Selena gelangt in einen Innenhof, von dem strahlenförmig weitere Durchgänge abzweigen. Sie hört das Trampeln von Stiefeln hinter sich. Intuitiv wendet sie sich nach links. Sie erreicht das Ende des Durchlasses, der in eine neues Gewirr von Wegen führt.

„Wir trennen uns", hallt der Befehl zwischen den Wänden wieder.

Selena sprintet in die nächste Passage. Rennt weiter. An der nächsten Gabelung hält sie kurz inne, lauscht. Das Poltern schwerer Schritte zeigt an, dass ihr ein Verfolger dicht auf den Versen ist. Selena drückt sich in das Dunkel eines Hauseingangs und hält den Atem an. Die Schritte werden langsamer. In der Öffnung des Hauseingangs erscheint die Silhouette eines Miloten im Kampfanzug.

Selena taucht tiefer in den Schatten ein.

„Wo ist sie?", schallt eine Stimme durch die Gasse.

„Keine Ahnung. Ich hatte sie gerade noch vor mir", ruft der Milo vor ihrem Versteck, „aber sie ist verschwunden."

„Mist! Der Lordprotektor wird nicht erfreut sein."

Ganz bestimmt nicht, denkt Selena und kann sich ein Schmunzeln nicht verkneifen, das gibt Ärger.

„Warum ist er eigentlich an ihr interessiert?"

„Keine Ahnung", erwidert der zweite Milo, der inzwischen herangekommen ist. „Er wollte über alle ihre Schritte informiert werden. Mehr weiß ich nicht."

„Und was jetzt?"

„Wir gehen die Gassen noch einmal ab, dann verschwinden wir. Du gehst da lang und ich gehe den Weg zurück."

Die Schritte entfernen sich. Selena atmet erleichtert auf. Sie ärgert sich. Es hätte ihr klar sein müssen, dass Victor sie beschattet.

Selena wartet eine Weile, bis sie ihr Versteck verlässt. Das Gassenlabyrinth um sie herum ist still und menschenleer. Selena konzentriert sich auf ihre Umgebung. Ihre Sensoren schlagen nicht an. Die Verfolger haben ihre Spur verloren. Trotzdem bleibt Selena sehr wachsam, als sie auf die nächstliegende Straße zurückkehrt.

Sperrzone

Alle Sinne aufmerksam auf die Umgebung gerichtet, geht Selena die Straße hinunter. Der Weg durch das Gassenlabyrinth hat sie dicht an die Sperrzone herangeführt. Dort liegen die Einstiege in die Katakomben von Inessa. Die Sperrzone ohne entsprechende Sicherheitsfreigabe zu betreten kann die Todesstrafe nach sich ziehen. Selena fragt sich, wie loyal die Miloten, die dort Dienst tun, sich tatsächlich gegenüber dem Lordprotektor von Inessa verhalten. Die Miloten in der Sperrzone sind eine Kaste für sich. Sie werden selten kontrolliert und machen es sich so bequem wie möglich.

Selena holt ihren Kommunikator aus der Manteltasche, steckt die Identitätskarte in den Schlitz und gibt einen Code ein. Es dauert einen Moment, bis sich der zuständige Sicherheitsbeauftragte meldet.

„Was kann ich für dich tun Legat Selena?", fragt er.

„Das ist eine heikle Angelegenheit Visor", beginnt Selena diplomatisch, „ich erledige einen Spezialauftrag für den Lordprotektor und muss die Sperrzone betreten."

Es entsteht eine kurze Pause. Selena befürchtet, dass die Verbindung zusammengebrochen ist.

„Um was für einen Auftrag handelt es sich?", meldet sich der Visor zurück.

Selena verdreht die Augen und ist froh, dass sie den Bildschirm nicht eingeschaltet hat. Wieder so ein Bürokrat.

„Das Wort „spezial" drückt aus, dass es sich um eine Sache von höchster Wichtigkeit und Diskretion handelt", erklärt sie geduldig, „Zeit ist in diesem Fall ein entscheidender Faktor. Ich wäre dir sehr verbunden, wenn wir die ganze Sache unbürokratisch behandeln können."

Beamter und unbürokratisch, ein Paradox an sich, denkt Selena. Um dem Visor auf die Sprünge zu helfen, sagt sie:

„Der Lordprotektor erwartet eine zügige Beseitigung des Problems. Wenn du eine Bestätigung willst, frag ihn selbst."

Selena hört ein Räuspern. Sie hat ihn. Victor ist ein höchst ungeduldiger Mann, wenn es um die Beseitigung von Hindernissen geht. Man stellt sich seinen Forderungen nicht in den Weg.

„Einen Moment. Deine Freigabe erfolgt in ein paar Sekunden."

„Danke Visor", antwortet Selena und versucht den Anflug von Sarkasmus in ihrer Stimme zu unterdrücken. Er wird ihren Code noch einmal durch das System laufen lassen, um auf Nummer sicher zu gehen. Da sie die höchste Sicherheitsstufe besitzt, nimmt Selena an, dass er ihr den Zutritt zur Sperrzone nicht verweigert.

„Für die nächsten 24 Stunden erhältst du Zugang zur Sperrzone Legat", bestätigt der

Beamte Selena kurz darauf.

„Danke für die Kooperation. Der Lordprotektor wird zufrieden sein", lobt Selena.

„Viel Erfolg", erwidert der Visor.

Selena zieht ihre Identitätskarte aus dem Kommunikator. Die Verbindung wird unterbrochen. Erleichtert atmet sie auf. 24 Stunden. Sie muss präzise arbeiten und darf keine Zeit vergeuden.

Selena biegt um die Ecke und geht die Straße hinunter. Nicht weit vor sich sieht sie einen der Checkpoints für die Sperrzone. Das Häuschen, von der Form eines riesigen Würfels aus Beton, mit zwei Fenstern und Tür, schmiegt sich an einen vier Meter hohen Maschendrahtzaun. Ein Milo hält Wache. Er blickt angestrengt vor sich auf den Tisch. Selena bleibt in einiger Entfernung stehen und sieht sich um. Neben dem Häuschen befindet sich der Eingang in die Sperrzone. Dahinter Niemandsland. Wie hingeworfen stehen hier und da abgewohnte Baracken. Nur linientreue Miloten dürfen diesen Bereich betreten. Wie passt Gavin Harris in das

Bild? Ihr Vater vermutete in der Sperrzone einen geheimen Ausgang aus Inessa. Vielleicht sucht Gavin dasselbe wie ihr Vater. Eine Fluchtmöglichkeit.

Der Grenzposten hebt kurz den Kopf und lässt hastig etwas unter dem Tisch verschwinden, als er Selena bemerkt. Der korpulente Mann mustert sie argwöhnisch von Kopf bis Fuß. Selena nickt ihm ernst zu und grüßt:

„Guten Abend. Ich bin Legat Selena."

Sie drückt ihren Ausweis gegen die staubige Scheibe. Der Mann kneift seine Augen zusammen, um ihn besser zu erkennen. Er schiebt das Fenster auf. Ein Schwaden verbrauchter Luft quillt Selena entgegen. Sie hält für einen Moment den Atem an und unterdrückt mit Mühe den Reflex sich angeekelt zu schütteln.

„Was willst du?", fragt der Milo mürrisch.

Er fühlt sich von ihrem unerwarteten Auftauchen sichtlich gestört.

„Was willst du Legat, wenn ich bitten darf!"

Selena zieht die Augenbrauen zusammen und wirft dem Wachmann einen scharfen Blick zu. Er reißt seine kleinen Schweinsäuglein auf und starrt auf Selenas Pass. Mit feuchten Fingern grapscht der Milo ihn aus ihrer Hand und zieht ihn durch den Scanner. Ein Piepton bestätigt ihre Identität. Selena spürt seine Unsicherheit. Legaten haben die höchsten Befugnisse in der Hierarchie. In diesem Fall reicht die nachlässige Kleidungsweise des Mannes aus, ihn anzuschwärzen. Daran hat Selena kein Interesse, aber den verlotterten Lakaien ein bisschen auf Trab zu bringen kann nicht schaden.

„Ich will die Sperrzone betreten. Eine unangekündigte Inspektion", lügt sie und lächelt kühl, „der Lordprotektor möchte gerne wissen, was in den Außenbezirken vor sich geht."

Angestrengt stiert der Beamte auf seinen Monitor. Selena kann ihm ansehen, dass die kargen intakten Synapsen hinter der hohen Stirn fieberhaft sondieren, welche Verstöße Selena ihm zur Last legen könnte und was das für ihn bedeutet. Er zieht ein schmuddeliges Tuch aus der Jackentasche und tupft sich die schweißnasse Stirn ab. Selena rümpft die Nase. Sie zieht einen kleinen Notizblock aus der Tasche und beginnt etwas zu notieren. Der Beamte wird kurzatmig.

„Du willst die Sperrzone betreten?", er wiederholt ihre Worte und betont jedes Einzelne, als könnte es Selenas Absicht ändern. „Du wurdest nicht angemeldet."

Sein Starrsinn gepaart mit Dummheit fordert Selenas Geduld heraus.

„Sieht so aus", erwidert sie knapp. „„Das Wort unangekündigt setzt voraus, dass es keine Anmeldung gibt!" Selena macht eine Kunstpause und fixiert den Mann. „Lässt du mich durch oder muss ich mich an deinen Vorgesetzten wenden."

Der Beamte sieht sie argwöhnisch an. Er kann keine Ungereimtheiten feststellen. Ab und an finden Inspektionen statt. Davon erfährt er immer rechtzeitig. Selena Marais ist ihm suspekt. Sie hat die höchste Sicherheitsfreigabe ist aber kein Inspektor der inneren Sicherheit. Außerdem ist sie eine Frau und die Prüfer kommen nicht allein. Noch nie hat ein Legat die Sperrzone betreten. Selena verzieht keine Miene. Als der Mann merkt, dass sie nichts mehr sagen wird und es keinen plausiblen Grund für eine weitere Verzögerung gibt, drückt er auf einen Knopf. Das Tor zur Sperrzone öffnet sich, wie von Geisterhand.

Als das Tor hinter Selena zufällt, greift er zum Telefonhörer. Es gilt ein paar Leute zu warnen.

„Entschuldigung!"

Der Beamte zuckt erschrocken zusammen und lässt beinah den Hörer fallen. Ertappt dreht er sich um und blickt in Selenas lächelndes Gesicht. Miststück, denkt er aufgebracht, wie kann sie es wagen sich an mich heran zu schleichen? Hastig legt er den Hörer in die Ladestation.

„Ich hätte da noch eine Frage."

„Äh, ja natürlich, wie kann ich helfen?", fragt er unterwürfig.

Selena unterdrückt ein Grinsen, als er nervös an seiner Uniform herumzupft. Das schlechte Gewissen steht ihm buchstäblich auf die Stirn geschrieben.

„Hast du schon einmal von einem gewissen Gavin Harris gehört?"

Seine hervorquellenden Augen messen Selena. Vermutlich wägt er ab, ob ihm diese Information Pluspunkte einbringt. Er antwortet stockend:

„Die Harris waren die Anführer des Tandark Clans."

„Natürlich! Wie konnte ich das übersehen?", Selena ist erschüttert.

Der Wachmann sieh Selena unsicher an. Er überlegt fieberhaft, ob er die richtige Antwort gegeben hat.

Selena fällt die Erzählung ihres Vaters über den Tandark Clan wieder ein. In den Jahren des großen Krieges stellten die Tandarks das Hauptkontingent der Krieger. Nach dem Sieg versuchte die nördliche Allianz sich ihrer Tötungsmaschinen entledigen, aber die Tandarks rissen die Führung unter den Überlebenden an sich. Es gab niemand, der sich ihnen in den Weg stellen konnte.

Die Familie Harris tat sich besonders hervor. Alte Führer wurden beseitigt. Alexander und Victor gaben den Ton an. Unter ihrer

Aufsicht baute man die Hauptstadt des alten Reiches wieder auf. Als alles unter Kontrolle war, fielen die Angehörigen der Tandarks unerwartet einer großen Säuberungsaktion zum Opfer. Victor leitete sie selbst. Bei Nacht und Nebel vernichtete er seine Clan-Brüder. Ihre Genese vertrug sich nicht mit dem Konzept: herrschen durch Vereinheitlichung, wie Victor es plante. Die Tandarks waren heißblütige Kämpfer, nicht dazu geschaffen ihre Hände in den Schoß zu legen, der gepflegten Langeweile zu frönen oder sich den Regeln eines Mannes zu unterwerfen.

Das war ein Grund, weswegen ihr Vater in Ungnade fiel. Er, der Wissenschaftler, wollte das Problem auf medizinischer Ebene lösen, während Victor seine Macht dadurch festigte, alle denkbaren Konkurrenten aus dem Weg zu schaffen. Ein Rivale scheint überlebt zu haben, Gavin Harris, und Victor benutzt Selena um sein Versagen auszugleichen.

„Wo kann ich ihn finden, sollte er sich in der Sperrzone aufhalten?", Selena strengt sich an, das Zittern in ihrer Stimme zu unterdrücken.

„Vermutlich im Anachronist."

Der Mann deutet auf eine kleine Gasse, die zwischen maroden Lagerhäusern und Wohnbaracken hindurchführt. Selena brennt die Frage auf der Zunge, was der Anachronist für ein Ort ist, hält sich aber zurück. Er muss nicht wissen, dass sie keinen Einblick in seine Kreise hat.

„Danke!"

Selena will gerade in die Gasse biegen, als sie die höhnische Stimme des Beamten hört:

„An deiner Stelle wäre ich vorsichtig Legat. Frauen sind hier nicht gerne gesehen."

Das kann ich mir gut vorstellen, denkt Selena und verschwindet im Schatten der Lagerhäuser, indem sie selbst ein Schatten wird.

Lance Harris

Lance steht am Fenster. Graue Wände beschneiden seinen Blick. Nur ein winziges Stück Himmel ist zu sehen. Tiefe Trostlosigkeit erfüllt ihn. Lance versteht diese Welt nicht, obwohl er seit dem Tod seiner Eltern nichts anderes kennt. Ständige Wohnungswechsel, jede Nacht ein anderer Schlafplatz.

Tief schlafen kann er selten. Schreckliche Bilder suchen ihn heim, sobald er die Augen schließt. Er riecht das Blut, hört die Schreie. Fühlt, wie der kalten Stahl in sein Fleisch dringt, den Schmerz, der sich bis in den letzten Winkel seines Gehirns windet. Dann das Hinübergleiten in die erlösende Stille, bis Gavin ihn zurückholt.

Nur wenn Lance liest, empfindet er Erleichterung. In seinen Büchern findet er die Welt, wie sie sein soll. Er sehnt sich verzweifelt danach die Weite des Meeres zu erfahren. Flammend rote Sonnenuntergänge auf schneebedeckten Gipfeln mit Feuer bekränzt zu sehen und endlose Nächte unter Milliarden Sternen.

Kälte, Hitze, Sturm und Stille. Liebe. Ein Schauer rinnt durch seinen Körper. Berührungen. Haut auf Haut. Ein Mensch, der sich in seine Hände gibt, den er lieben kann. Liebe. Wie ein Mantra sagt er das Wort immer wieder vor sich hin.

Es gibt Zeiten, da keimt Hoffnung in seinem Herzen. Und es gibt die anderen, in denen die Dunkelheit Lance einkreist, unerbittlich ihre Netze um ihn schlingt und ihn niederdrückt bis an den Rand des Erträglichen und darüber hinaus. Sie nimmt ihm die Luft zum Atmen. Lance bleibt für Gavin am Leben. Er rettete ihn, erhielt ihn am Leben und beschützte ihn. Lance will Gavin nicht enttäuschen und seinem Leben, das für ihn so kostbar ist, ein Ende setzen. Ein Tandark Krieger kämpft bis zum Schluss. Kein Tropfen Blut darf verschwendet werden.

Ein bitteres Lächeln huscht über seine Lippen. Für was kämpfen? Wir sind alle tot, denkt er, lebende Tote. Gefangen in diesem Moloch. Leere Geschöpfe in einem monotonen Dasein.

Sein Vater hatte andere Visionen. Victor löschte ihn deswegen aus. Für ihn gibt es nur schwarz und weiß. Nichts dazwischen. Wer sich nicht mit ihm verbündet, bezahlt mit dem Leben. Eine Welle des Zorns steigt in Lance auf, schnürt ihm die Kehle zu. Atme, ermahnt er sich, atme! Verrückt. Atmen in einer Welt ohne Atmosphäre. Lance setzt sich, zieht einen kleinen Gedichtband aus der Tasche, öffnet ihn an einer beliebigen Seite und liest:

„Die Blätter färben
Gelb sich und fahl.
Sie müssen sterben.
Es war einmal.

Nebelumwunden
Liegt Berg und Tal;
Lenz ist entschwunden:
Es war einmal.

Herz ist so trübe
Voll Sorge und Qual.
Wo ist die Liebe?
Es war einmal." (1)

Gavin Harris

Selenas Versteck liegt dem „Anachronist" gegenüber. Vor einer Lagerhalle stehen große Kisten, die ihr Schutz bieten. Die einzigen Lichtquellen, die funktionieren, hängen über dem Eingang des „Anachronist". Selena ist im Schatten verborgen, während sie beobachten kann, wer ein und ausgeht. Am liebsten würde sie einen Blick hineinwerfen, unterlässt es aber, da sie als Fremde auffallen würde.

Von ihrem Beobachtungsposten kann sie kurze Blicke in den Innenraum des Etablissements werfen, wenn jemand hineingeht oder heraus kommt. Fremdartige faszinierende Musik dringt zu ihr in die Dunkelheit, vermischt mit Gelächter und Gesprächsfetzen. Erst denkt Selena, dass den „Anachronist" nur Männer aufsuchen. Dann sieht sie die Frauen. Diese Frauen kommen mit Männern heraus, verschwinden in einer Gasse neben dem „Anachronist", tauchen nach einer Weile wieder auf, bis sie mit dem nächsten Mann herauskommen.

Selena wundert sich über die Kleidung, die mehr von ihren Körpern enthüllt, als verdeckt. Die langen Haare fallen ihnen offen über die Schultern und haben merkwürdige Farben. Die Männer umarmen die Frauen, sie küssen sich. Selena denkt an die Geschichten aus ihren Büchern. Ist das Liebe?

Während Selena darüber nachgrübelt, verlässt ein Mann den „Anachronist", der ihre Aufmerksamkeit in Anspruch nimmt. Er ist groß, athletisch und bewegt sich mit einer eleganten Geschmeidigkeit. Im spärlichen Licht der Außenbeleuchtung nimmt sie wahr, dass er sich anders kleidet, als die Masse. Er trägt, wie die Miloten, komplett schwarz, aber keine ihrer Uniformen. Der Mann hält inne, wendet den Kopf in Selenas Richtung, als höre er ihre Gedanken. Im Spiel zwischen Licht und Schatten kann sie sein Profil erkennen. Gavin Harris.

Unvermittelt überwältigt sie eine bedrückende Mischung aus Nervosität und Furcht. Selenas Atmung beschleunigt sich. Ihr Herz rast. Wenn sie Victors Auftrag ausführen will, muss sie Gavin berühren. Ihr Körper gehorcht nicht. Reglos verharrt sie in der Dunkelheit. Ihr Verstand wird von tausend wirren Gedanken überrollt. Alain, ihr Vater, Victor, Gavin, Tod, Finsternis.

Selena beherrscht ihre Gabe perfekt, aber im Moment des Erkennens gerät alles außer Kontrolle. Ihr Wille wird unter aufgepeitschten Gefühlen verschüttet, über die sie keine Gewalt besitzt. Schlagartig versteht sie es. Es geht von Gavin aus. Er versucht ihr seinen Willen aufzuzwingen. Wie ist es möglich, dass Gavin die Gabe des Soleas Clans besitzt durch Gedankenkraft zu beeinflussen? Vermischt mit der gefährlichen Neigung des Tandark Clans zur Unterwerfung und zum Kampf, ist das ein unberechenbares Gemisch. Je nach Ausprägung und Charakter kann die Situation in eine katastrophale Richtung kippen.

Dem Soleas Clan fehlt die aggressive Veranlagung. Selena lernt, seit sie denken kann, die Gabe nicht an ihre eigene Verfassung zu koppeln, sondern unter Kontrolle zu halten und nur zu verwenden, wenn sie benötigt wird. Sie erinnert sich an die Worte ihres

Vaters: „Außergewöhnliche Gaben bringen besondere Verpflichtungen mit sich." Als Kind belächelte sie den Lehrsatz. Heute ist sie sich der Wahrheit der Worte bewusst.

Selena versucht verzweifelt sich Gavins Einfluss zu entziehen. Er gestattet es ihr nicht, unterbricht ständig ihre Konzentration. Selena will flüchten. Sofort dreht Gavin sich in ihre Richtung. Selbst in der Dunkelheit kann er sie aufspüren. Es gibt kein Entkommen. Selena bleibt stehen.

„Ich kann dich sehen", hört sie seine tiefe Stimme. Ein schmerzhafter Stoß schießt durch ihren Körper, „komm raus."

Selena zögert. Gavin sendet eine ungeahnte Welle heftiger Gefühle aus. Er flößt ihr Furcht ein, wie Selena es noch nicht erlebt hat und sie kannte viele Arten von Angst.

„Du solltest gehorchen. Meine Geduld geht zu Ende."

Die Drohung in seiner Stimme kann Selena nicht überhören, auch wenn sich an seinem Timbre nichts ändert. Ihre Knie zittern, als sie ihr Versteck verlässt und in die Mitte der kleinen Gasse tritt. Sie hält sich im Schatten,

Kopf und Haare unter der Kapuze verborgen.

„Komm näher zum Licht", befiehlt er ungerührt.

Selena bewegt sich nicht vom Fleck. Gavin geht auf sie zu. Er mustert sie argwöhnisch.

„Zeig dein Gesicht."

Es kostet Selena ungeheure Kraft nicht die Nerven zu verlieren. Sie versucht ihre Konzentration auf den Schutz ihrer Gedanken zu verwenden. Gavin überwindet Selenas Hindernisse ohne Probleme. Er hat mich angelogen, schießt es Selena durch den Kopf.

„Wer hat gelogen?", Gavins Stimme nimmt eine bedrohliche Kälte an. „Victor!"

Gavin steht vor ihr, greift nach ihrem Handgelenk, damit sie nicht flüchten kann, und reißt ihr mit einem Ruck die Kapuze vom Kopf. Für den Bruchteil einer Sekunde sieht sie Erstaunen in seinem Blick. Dann lächelt er spöttisch.

„Schickt Victor jetzt schon Kinder?", Gavin lacht rau.

Selena vermag nicht zu antworten. Gebannt blickt sie in seine Augen. In dem dunklen Blau seiner Iris schwimmen kleine goldgrüne Punkte, winzige leuchtende Sonnen. Ohne nachzudenken streckt sie die freie Hand aus und legt sie auf seine Brust über seinem Herzen. Selena fühlt das glatte Leder seiner Kleidung unter ihren Fingern, nimmt den Schlag seines Herzens auf. Es ist ein Zwang, dem sie nicht widerstehen kann. Sie muss sich mit ihm verbinden, ihn ganz nah spüren.

Plötzlich, ohne eine Chance sich abzuschirmen, rasen Gavins Gedanken in ihre, bündeln und vervielfachen sich, um sich in einem Sturm aus Zorn auf sie zu stürzen. Der Schmerz reißt ihr den Boden unter den Füßen weg.

Die Wucht der Emotionen überrascht Gavin ebenfalls, doch er ist ihnen nicht wehrlos ausgeliefert. Die Gefühle dringen in Selenas Körper, ihren Geist, als wären sie nichts. Tränen rollen über ihre Wangen. Sie zittert heftig. Mühsam presst sie die Lippen zusammen, um nicht zu schreien. Selenas Blick versinkt immer tiefer in seinen Sonnen und eine Flut von schrecklichen Bildern überschwemmt sie.

Gavin presst Selena so fest an seinen Körper, dass sie kaum noch Luft bekommt. Sie kann sich nicht rühren, hört das Blut in ihren Ohren sausen. Sengende Hitze schießt durch ihre Adern. Immer intensiver brennen sich die Zerrbilder und Gefühle in ihre Seele. Lange kann Selena diesen Schmerz nicht aushalten. Sie muss seine Frequenz stören. Gavins Gesicht ist ihrem ganz nah, die Lippen nur wenige Zentimeter von ihren entfernt. Sein Atem streicht über ihr Gesicht.

„Du bist Selena Marais."

Die Vibration seiner Stimme jagt Schauer über ihre Haut.

„Ja", haucht sie.

Mit letzter Kraft streckt sie sich und küsst Gavin. Für einen Augenblick bleibt die Zeit stehen. Der Schmerz verschwindet. Erlösende Stille senkt sich in Selenas Gedanken. Plötzlich fühlt Selena Gavins fordernden Mund, seine Zunge, die ihre Lippen ertastet. Eine Stichflamme rauscht durch ihre Kehle, in jede Zelle ihres Körpers. Sie hört einen lauten Schrei, dann stürzt ihr Bewusstsein in ein schwarzes Loch.

Victor

Victor steht am Fenster seines Domizils und blickt stolz auf seine Stadt hinunter. Abenddämmerung legt sich um die durchsichtige Kuppel und hüllt Inessa in einen Schleier aus gnädiger Dunkelheit. Die allgemeine Ausgangssperre setzt ein. Auf den Straßen, in den Glastürmen und Wohnsilos gehen die Lichter an und schaffen die Illusion einer behaglichen, idyllischen Atmosphäre.

Das Pochen an der mächtigen Eichentür verhallt beinahe ungehört. Um Victors Aufmerksamkeit zu wecken reicht der gedämpfte Ton. Er tauscht seinen Platz am Fenster gegen eine beeindruckende Sitzgelegenheit, die an einen Königsthron erinnert. Eine meisterhafte Arbeit aus dunklem Holz geschnitzt und mit dem Wappen des Tandark Clans, dem Phönix, geschmückt. Der Herrschersitz verleiht Victors imposantem Äußeren einen geeigneten Rahmen von Macht und Autorität, dem sich kaum jemand zu entziehen vermag. Er drückt einen unscheinbaren Knopf, der in die Armlehne des Stuhls eingearbeitet ist. Die Tür öffnet sich geräuschlos.

„Lordprotektor - Sir", stammelt der Lakai.

In demütiger Haltung nähert er sich dem Thron. Sein blasses Gesicht steht in starkem Kontrast zu der dunklen Kleidung. Er bleibt in gebührendem Abstand zum Lordprotektor stehen und verbeugt sich unterwürfig. Victor kann die Angst des Mannes riechen. Er verabscheut ihn dafür. Menschen sind schwach. Unvollkommene, verweichlichte Kreaturen, die ohne einen starken Herrscher verloren sind.

„Was willst du?", herrscht er ihn an.

„Sir wir haben Berichte von Legat Selena", presst der Mann ängstlich heraus.

Die Miloten losten aus, wem die undankbare Aufgabe zu fallen sollte den Lordprotektor über das spurlose Verschwinden der Legate Selena in Kenntnis zu setzen. Das Los fiel auf ihn. Er bezweifelt, dass bei dem Auswahlverfahren alles korrekt abgelaufen ist. Doch so sehr er zeterte und argumentierte, die anderen weigerten sich, die Losung zu wiederholen.

„Ist das alles?"

Victor ist der Unmut über das Zögern des Mannes deutlich anzuhören. Um seiner Forderung nach Information Nachdruck zu verleihen, erhebt er sich und wirkt noch furchteinflößender. Sein volles Silberhaar erscheint wie ein Lichtkranz um seinen Kopf. Die kalten grauen Augen zwingen den Mann nahezu in die Knie. Es kostet ihn Mühe halbwegs aufrecht zu stehen.

„Sie ist verschwunden Sir."

Es ist nur ein Wispern, aber in Victors Ohren echoen die Worte, wie Donnerhall.

„Was bedeutet das?"

„Sir?"

Der Milo sieht den Lordprotektor verständnislos an. Er hat das unangenehme Gefühl sich Zentimeter für Zentimeter dem Abgrund zu nähern, ohne eine Möglichkeit den Sturz abzuwenden. Es geht das Gerücht, der

Lordprotektor könne allein durch seinen Blick bewirken, dass einem Mann das Herz stehen bleibt.

Victor ballt die Fäuste. Der Mann kostet ihn alle Selbstbeherrschung, die er aufbringen kann. Unfähiges Pack, denkt er zornig, ohne mich würden sie im Schlamm kriechen und Maden fressen.

„Ist sie nur verschwunden oder ist sie verschwunden, nachdem sie mit Gavin Harris Kontakt hatte – hat man Spuren eines Kampfes gefunden?"

„Nur verschwunden Sir", stammelt der Milo.

Victor misst den Boten mit durchdringendem Blick. Für eine Sekunde überlegt er, sich des unfähigen Miloten zu entledigen. Andererseits ist es eine ausgesprochen gute Nachricht. Victor macht eine ungestüme Handbewegung, die dem Boten bedeutet sich auf dem schnellsten Weg zu entfernen, bevor er geneigt ist andere Maßnahmen zu ergreifen.

So rasch es der Anstand erlaubt, verlässt der Milo den Saal. Erst als sich die mächtige Tür hinter ihm schließt, empfindet er ein bescheidenes Gefühl der Erleichterung, das sich verstärkt, je größer der Abstand zwischen ihm und dem Lordprotektor wird.

Victors siegessicheres Lachen erfüllt den Raum. Sein kantiges Gesicht verzerrt sich zu einer Fratze. Der Plan geht auf. Nicht, dass Victor daran zweifelt, aber ein Restrisiko bleibt. Nun hat er die Bestätigung, dass sein Instinkt ihn nicht im Stich lässt.

Gavin ist nicht in der Lage Selena zu töten. Ein Schwächling wie sein Vater Alexander. Bei Gavin sind es die verdorbenen Gene durch den Soleas Clan, ist sich Victor sicher. Aber was war mit Alexander? Sie entstammten einer Familie, hatten dieselbe Erziehung. Beide kämpften in dem großen Krieg. Seite an Seite. Er hatte gesehen wozu Alexander fähig war und mit welcher Kaltblütigkeit er töten konnte. Knietief standen sie im Blut ihrer Feinde, ohne das Alexander mit der Wimper zuckte.

Die Veränderungen begannen, als er sich in die blonde Soleas Hexe Gwendolyn verliebte. Alexander vergaß seine Wurzeln und seine Ideale. Er begann von Liebe und Frieden zu faseln. Gwendolyn war wunderschön, aber eine gefährliche Sirene. Für kurze Zeit war Victor selbst versucht Gwendolyn für sich zu gewinnen, aber sie entschied sich für Alexander.

Gwendolyn brach seinen Machthunger, weil Alexander ihren Einflüsterungen nicht widerstehen konnte. Tatsächlich dachte er über einen demokratischen Staat nach. Lächerlich! Die Tandarks waren dazu ausersehen Herrscher zu sein. Ihnen verdankten diese armseligen Geschöpfe, dass der Krieg ein Ende fand. Sie vereinten das Volk unter einer Führung, sorgten dafür das Gesetze und Richtlinien eingehalten wurden und alles reibungslos ablief. Der minderwertige Pöbel hätte sich allein nur selbst vernichtet.

Victor wusste, dass er Alexander verlor, als der sich auf Gwendolyns Betreiben hin mit Professor Marais traf, einem führenden Wissenschaftler des Soleas Clans. Alexander, als der Ältere und Führer des Tandark Clans, begann sich mit den zersetzenden Theorien dieses Mannes zu beschäftigen. Victor musste handeln, wenn er die Macht über Inessa sichern wollte. Womit er nicht rechnete war, dass sich die Familienhäupter der Tandarks gegen ihn wendeten, als er Alexander und die Befürworter der neuen Ideologie beseitigte. Victor ließ das kalt. Wenn sie das Gute, das er ihnen bot, nicht wollten, gab es nur eine Lösung. Eine vollständige Säuberung. Wer nicht mit ihm war, war gegen ihn.

Victor betrachtet seine Stadt. Seine Schöpfung. Niemand wird ihm streitig machen, was er erschaffen hat. Und endlich hat er die Gelegenheit, die Schmach zu sühnen, die Alexander auf seine Familie häufte. Den Stich der Blamage, dass Gavin und Lance ihm durch die Finger glitten, verspürt Victor immer noch.

Diesmal wird es kein Versagen geben. Gavin wird aus Liebe zu Selena versuchen ihren Bruder zu befreien. Das führt ihn direkt in den Dome und zu ihm. Und wenn nicht Gavin, dann den Schwächling Lance. Für ihn wird Gavin auf jeden Fall sein Leben riskieren.

Victor sieht Selena vor sich. Ihre langen weißblonden Haare, das zarte Gesicht mit den geheimnisvollen grünen Augen, dass große Ähnlichkeit mit Gwendolyn hat. Victor erinnert sich an Gwendolyns verächtlichen Blick, als sich sein Stahl in ihr Herz senkte. Selbst im Angesicht des Todes gönnte sie Victor kein Gefühl.

Selena sah ihn beinah genauso an. Eine Mischung aus Verachtung und Hass. Victor erwartete keine andere Reaktion. Er sprach das Urteil über ihren Vater und machte sie gegen ihren Willen zu seiner Vollstreckerin. Der einzige Grund sich nicht gegen Victor zu wenden ist das Wohlergehen ihres Bruders. Victor verbannt die sentimentalen Gedanken. Sein Ziel ist zum Greifen nahe. Anderes hat keine Bedeutung. Gavin und Lance werden zu ihm kommen. Bei dem Gedanken lacht Victor schadenfroh in sich hinein. Zwei dumme Schafe in der Höhle des Löwen. Gavins Kräfte werden ihm nichts nützen, wenn er seine Geheimwaffe einsetzt. Die unseligen Folgen von Alexanders Verbindung zum Soleas Clan werden endgültig ausgelöscht.

Entführt

Selena schlägt die Augen auf. Ein hat ein seltsam unwirkliches Gefühl macht sich in ihr breit. Sie liegt auf einer Pritsche. Das diffuse Licht einer alten fleckigen Glühbirne zeigt ihr, dass sie sich in einer Zelle befindet. Betonwände schließen sie ein. In der Stahltür ist ein kleines vergittertes Guckloch eingelassen. Selena versucht festzustellen, ob das, was sie sieht, real oder Illusion ist. Es hat den Anschein echt zu sein. Bis auf kleinste Unebenheiten. Ein Flimmern oder einen hauchdünnen Riss im Blick.

Selena macht ihren desolaten Zustand dafür verantwortlich, dass sie die Wirklichkeit nicht erfassen kann. Bedächtig setzt sie sich auf. Jeder Teil ihres Körpers reagiert überempfindlich. Selena hat sogar den Eindruck, dass ihre Haare schmerzen. Sie tastet nach ihrem Zopf und öffnet das Haarband. Mit geübten Griffen löst sie die Verflechtungen. Als ihre Locken frei über ihren Rücken fallen, fühlt Selena sich leichter.

„Wer bist du?", fragt eine sanfte Stimme.

„Selena Marais", antwortet sie und schaut sich suchend um. Niemand ist bei ihr. Sie nimmt an, dass die Stimme durch das Guckloch zu ihr dringt. „Und wer bist du?"

„Ich bin dein Aufpasser."

„Wie ist dein Name?"

Die Stimme hüllt sich in Schweigen. Selenas Herz schlägt schneller. Hat er sie allein gelassen?

„Bist du noch da?", fragt sie besorgt ins Dunkel.

Nach einer endlos erscheinenden Zeit hört Selena die Stimme:

„Gavin hat dich hergebracht."

Wie ein Schwall Eiswasser schwappt die Erinnerung in Selenas Gedächtnis zurück. Sie sieht die Sonnen in Gavins Augen, fühlt seine weichen Lippen, die sich in ihren Körper brennen. Den stechenden Schmerz, der in ihr Herz dringt.

„Alain", flüstert sie und fängt an zu weinen.

„Was ist mit ihm?", fragt die Stimme.

„Victor wird ihn töten, wenn ich nicht zurückkomme", ein Weinkrampf erschüttert

Selenas Körper, „er ist doch erst zwölf Jahre alt."

„Hat Victor dir dein Kind weggenommen?", fragt die Stimme mitfühlend.

Plötzlich spürt Selena eine Hand, die zärtlich über ihren Kopf streicht und sich in ihren Haaren verliert. Selena ist sich jetzt sicher, dass sie in einer Illusion festgehalten wird, kann ihren Verursacher, aber nicht finden.

„Alain ist mein Bruder. Er ist alles, was mir geblieben ist", erwidert Selena.

Sie wartet. Die Stimme bleibt still. Selena versucht sich zu beruhigen, doch die Tränen fließen weiter. Als hätte die liebevolle Berührung der Hand einen Damm in ihr zum Einsturz gebracht. Der Schmerz in ihrem Inneren zieht sich zu einem rot glühenden Knäul zusammen. Jäh bricht die Liebkosung ab. Selena ist allein.

„Wo bist du? Komm zurück! Bitte!"

Keine Antwort. Immer wieder ruft Selena nach der Stimme. Nichts geschieht.

„Dann lass mich sterben!", schreit Selena gegen die Einsamkeit an, „wenn du schon schweigst!"

„Warum?", fragt die Stimme erstaunt.

„Weil alles sinnlos geworden ist. Nur der Gedanke an Alains Befreiung hat mich am Leben gehalten", ein heftiges Schluchzen schüttelt Selena.

„Hast du keine Angst vor dem Tod?"

„Ein Leben ohne Liebe ist schlimmer als der Tod."

„Sieh mich an", hört Selena die Stimme.

Sie hebt den Blick und sieht in die Richtung, aus der die Stimme kommt. Das diffuse Licht und ein Schleier vor ihren Augen machen es ihr unmöglich Genaueres zu erkennen.

„Hier bin ich", flüstert die Stimme, „schau hier her."

Langsam klärt sich Selenas Blick und sie erfasst die Umrisse einer Person. Verzweifelt kneift sie die Augen zusammen, um sie deutlicher zu sehen. Für den Bruchteil einer Sekunde erkennt Selena ein Gesicht, nimmt zwei helle Augen wahr, die sie aufmerksam betrachten, und sinkt zurück in die Dunkelheit.

Begegnung

Leise Worte dringen in Selenas Bewusstsein. Wie eine Melodie aus lange vergessenen Tagen. Es dauert eine Weile, bis sie versteht, was die Stimme sagt:

„In mein Herz weht nun ein frischer Wind
Aus jenem weit entfernten Land
Wo sind die blauen Hügel, geliebt als Kind
Wo Türme und Farmen, die ich gekannt
Es ist das Land der verlorenen Zeit
So strahlend rein, wie zu Beginn
Die frohen Wege lief ich weit
Und komm doch nie wieder dorthin"(2)

Tränen quellen zwischen ihren Lidern hervor, verfangen sich in langen goldenen Wimpern. Zum Herzzerbrechen schön und so unendlich traurig. Selena konzentriert ihre Gedanken auf die Stimme. Ohne auf Widerstand zu stoßen, fließen ihre Wahrnehmungen ineinander. Selena wird unaufhaltsam weiter gezogen. Die tiefe Melancholie und eine quälende Sehnsucht, die durch die poetischen Worte des Verses gesteigert werden, verweben sich so dicht mit ihrer eigenen, dass es keine Abgrenzung mehr zwischen ihnen gibt. Selena hat die Empfindung, es war schon immer so, nur hat die Stimme das Gefühl in diesem Moment aus dem Unterbewusstsein an die Oberfläche gespült. Eine angenehme Wärme steigt in ihr auf.

„Ich weiß, dass du wach bist und was du tust."

Selena schlägt die Augen auf und dreht ihren Kopf, um ihn zu sehen. Ihre Hände und Füße sind gefesselt. Das habe ich verdient, geht es ihr durch den Kopf, ich wollte einen Menschen töten und habe versucht mein Gewissen und das meiner Ahnen zu übergehen. Ein unangenehmes Frösteln rinnt durch ihren Körper.

Im weichen Lichtschein einer antiquarischen Stehlampe sieht sie einen Mann neben ihrem Bett auf einem Lehnstuhl sitzen. Er hat sich so platziert, dass er nur den Kopf heben muss, wenn er sie ansehen will. Seinen Blick hält er unbeirrt auf ein kleines Buch gerichtet.

„Das Gedicht ist sehr schön. Wer hat es geschrieben?"

Ihre Frage ignorierend schließt er das Buch. Liebevoll streichen seine schlanken Finger über den dunkelblauen Leineneinband mit den goldenen Lettern. Er steckt es behutsam in die Innentasche seiner Jacke. Dann erhebt er sich und löst ihr die Fesseln.

„Danke."

Selena setzt sich auf, reibt sich die Knöchel und Handgelenke. Die Fesseln hinterlassen Abdrücke.

„Möchtest du etwas trinken?", fragt er kühl und schaut sie das erste Mal direkt an.

Selena erkennt seine hellen Augen. Er ist der Mann aus ihrem Wachtraum.

„Gerne."

Sie musterte ihn aufmerksam, während er Wasser in ein Glas füllt. Er ähnelt Gavin und auch nicht. Im Gegensatz zu Gavins schwarzem Haar hat er hellblondes kurzes Haar, das sich an einigen Stellen zu widerspenstigen Locken kringelt. Der sinnliche Mund deutet keine Gefühlsregung an. Über seiner linken Wange und Braue bemerkt sie Narben. Eine breitere, längere Narbe verläuft unter seinem Kinn am Hals und verschwindet im Kragen einer hochgeschlossenen Jacke.

Seine ovale Gesichtsform, das energische Kinn mit dem Grübchen und die steilen Falten über der Nase, erinnern sehr an Gavin. Das Blau seiner Augen hat die frische klare Farbe eines Himmels ohne Wolken.

Er reicht Selena das Glas. Sie trinkt es in langen Zügen aus. Das kühle Nass rinnt ihre Kehle hinunter. Mit verlegenem Lächeln gibt sie das Glas zurück.

„Könnte ich noch etwas Wasser haben. Bitte."

Er erwidert ihr Lächeln flüchtig und füllt das Glas nach.

„Wie heißt du?"

„Lance."

„Die Abkürzung von Lancelot aus der Artussage!"

Ihre Blicke drängen für den Bruchteil einer Sekunde ineinander. Lance zieht erstaunt eine Braue hoch.

„Eher der Ritter von der traurigen Gestalt,

als einer in glänzender Rüstung." Eine höhnische Grimasse fliegt über sein Gesicht. „Mein Vater hatte ein Faible für das Heroische. Hätte er mehr Söhne gezeugt, könnten wir die Tafelrunde füllen."

„Nein ich denke nicht, dass du etwas von Don Quijote hast", widerspricht Selena.

„Du kennst Miguel de Cervantes Roman?", Lance kann seine Verwunderung nicht verbergen. „Niemand liest noch. Die Leute lassen sich immer und überall von sinnlosen monotonen Bildern berieseln, nur um nicht denken zu müssen."

Selena denkt an Idris, der sich in der Einsamkeit seines Fahrstuhls eine eigene Welt erschuf. Direkt unter Victors Augen. Ein hungriger Geist findet einen Weg, allen Anpassungszwängen zum Trotz.

„Nicht unbedingt. Ich lese. Du liest. Ich besitze einen ganzen Raum voll mit Büchern. Sie gehörten meinem Vater."

„Du weißt, dass das verboten ist?"

„Ich musste sie beschützen. Ich liebte es, wenn mein Vater mir vorlas. Es ist nichts geblieben. Nur Alain und die Bücher."

Selenas Stimme wird leiser. Der Gedanke an Alain schnürt ihr die Kehle zu. Sie hat Victors Auftrag nicht ausgeführt. Davon abgesehen, dass Gavin ihr an Kraft weit überlegen ist, weiß sie nun, dass es ihr unmöglich ist, einen Menschen zu töten. Die Angehörigen des Soleas Clans sind in erste Linie Heiler. Das Schicksal entschied für und gegen sie. Victor wird zuerst Alain bestrafen, dann sie.

„Er wird Alain töten", Selena versucht die Angst zu unterdrücken, die sich zäh in ihre Gedanken schiebt. Sie presst die Lippen fest zusammen und hofft die aufsteigenden Tränen zurückzuhalten.

„Victor wird ihn nicht töten", sagt Lance mit unbewegter Miene, „nicht jetzt."

Er setzt sich neben Selena aufs Bett.

„Er wird die Angst um deinen Bruder gegen dich verwenden. Victor will, dass du leidest. Angst und Qual als Lebenselixier. Sein Mittel gegen eine monotone, reizlose Welt, die er selbst geschaffen hat. Der Fluch des Tandark Clans. Victor braucht deinen Bruder lebend. – Er tötet, wenn du zusiehst."

Lance Stimme ist splitterscharf, sein Gesicht zu einer Maske erstarrt. „Ich habe es gesehen."

Erschöpft lehnt Selena ihren Kopf an seine Schulter. Lance lässt es geschehen. Das Wildleder seiner Jacke fühlt sich samtig weich an auf ihrer Wange. Ein angenehmer Duft von sauberer Wäsche und warmer Haut steigt ihr in die Nase. Eine Weile sitzen beide still da, erleben die Nähe des anderen mit so klarem Bewusstsein, als wären sie vorher noch nie einem Menschen begegnet.

Selena fühlt etwas, von dem sie dachte, es nie wieder haben zu können. Geborgenheit. Behutsam streckt sie eine Hand aus und legt sie auf Lance Brust. Mühelos stellt Selena die Verbindung zu ihm her. Wie zuvor saugt er sie geradezu in seine Gefühlswelt hinein. Selena spürt eine erdrückende Traurigkeit vermischt mit Wut und Angst. Sie muss große Energie aufwenden in dem Gefühlschaos nicht unterzugehen. Plötzlich fallen Tropfen auf ihr Gesicht. Lance Tränen. Er nimmt sie in seine Arme und drückt sein Gesicht in ihr offenes Haar. Lance schluchzt leise. Selena erschrickt.

„Verzeih", flüstert sie und will ihre Hand wegziehen.

„Nein", Lance Stimme klingt brüchig, „nicht."

Er legt seine warme Hand auf ihre eiskalte. Soviel Leid. Ist es möglich ihn zu heilen? Selena schließt die Augen. Sie denkt an ihren Vater und ihre Mutter. Die Liebe und die Freude, die sie empfunden hat. Selena bewirkt, dass ein weiches, behutsames Gefühl zwischen Lance und ihr hin und her fließt. Die Verbindung ihrer Seelen strömt mühelos ineinander, wie ein Fluss aus zwei Quellen. Gemeinsam schweben sie dahin in einem Strom aus Licht und Wärme. Lance sitzt ganz ruhig und hält sie. Einzig ihrer beider Atem ist zu hören. Immer tiefer tauchen sie in die Stille.

„Lass ihn los!", zerreißt eine harte Stimme das Band zwischen ihnen, „sofort!"

Selena und Lance fahren auseinander. Gavin packt Lance am Arm und zerrt ihn vom Bett. Lance schüttelt Gavins Hand ab.

„Lass mich in Ruhe!", sagt er kühl.

„Du weißt, wozu sie imstande ist!", zischt Gavin.

Aufgebracht wendet er sich Selena zu. Sein Blick sticht gnadenlos in ihre Brust. Scharf saugt sie die Luft ein, als der Schmerz sich in ihren Körper bohrt. Tränen rinnen ihr über das Gesicht. Sie bietet alle Kraft auf, sich zu schützen, aber sie entkommt ihm nicht. Selenas schlanker Körper krümmt sich unter seiner Rage.

„Hör auf", fleht Selena, „bitte!"

Gavins Zorn krallt sich um ihr Herz.

„Sie leert Menschen im Auftrag Victors das Hirn!", stößt er keuchend hervor, „sie hätte dich töten können."

„Und du weißt, was ich tun kann!", erwidert Lance ungerührt, „Bei mir hat sie ihre Kräfte nicht angewendet. Leider! Ich hätte nichts dagegen. – Komm runter!"

Entschieden zieht Lance Gavin aus Selenas Reichweite.

Es dauert eine Weile, bis der Schmerz verebbt. Geschwächt sinkt Selena in die Kissen. Sie spürt jeden Knochen, jede Faser ihres

Körpers. Gavin hinterlässt eine quälende Empfindung in ihr. Anders als Lance, der sich mühelos beinahe breitwillig, an ihren Gedankenstrom anlehnte. Gavin klinkt sich in ihren Kopf, dringt in ihren Körper, als wäre sie ein Fetzen altes Papier und wirft sie zerknüllt fort.

Gavin schiebt Lance auf den Flur und verschließt die Tür zu Selenas Zimmer. Mit gebieterischer Geste dirigiert er Lance in sein Arbeitszimmer.

„Verlierst du jetzt vollkommen den Verstand? Dich von diesem ... ", in seiner Erregung findet Gavin kein passendes Wort.

„Mädchen", hilft Lance aus.

„Nein – dich von dieser Hexe manipulieren zu lassen?!"

Gavin ballt die Hände zu Fäusten. Jeder Zentimeter seines athletischen Körpers ist angespannt, wie die Sehne eines Bogens. Ein Windhauch ließe ihn losschnellen.

„Sie kann nicht töten."

Lance lässt sich auf einem der Polstersessel vor dem wuchtigen Schreibtisch nieder, streckt lässig die langen Beine aus und zieht das kleine Buch wieder aus der Tasche. Er schlägt die Seite auf, die er zuletzt gelesen hat.

„Sie kann es. Victor weiß das. Warum hat er sie sonst geschickt?"

Lance zuckt gleichgültig die Schultern.

„Selena kann nicht töten", wiederholt er nüchtern, „Ich habe gesehen, dass Victor es ihr befohlen hat. Er setzt ihren Bruder als Druckmittel ein. Vielleicht hat er gedacht, sie wäre dazu fähig. Aber Selena ist nicht wie wir. Sie ist eine Reine. Die Letzte ihres Clans. Ihre Prägung erlaubt ihr nicht, ihre Gabe als Tötungswerkzeug einzusetzen. – Sie könnte dir und mir ein paar nette Kopfschmerzen verpassen. Mehr nicht."

Der Gedanke amüsiert Lance. Gavin schüttelt den Kopf.

„Das glaube ich nicht. Ich bin sicher, dass mehr dahinter steckt."

Rastlos durchquert er das Zimmer. Wandert zum Fenster, zur Tür und wieder zurück. Lance lässt ihn eine Weile gewähren. Er kennt Gavins nervöse Stimmungen. Diesmal hat es ihn schlimm getroffen. Lance fühlt den Kampf, den Gavin mit sich austrägt. Seit Victor ihre Eltern getötet hat, vergeht kein Tag, an dem Gavin sich nicht mit Vorwürfen quält. Lance lässt das Buch sinken.

„Geh zu ihr", sagt er ruhig, „rede mit ihr. Durchleuchte sie, wenn es sein muss – oder schau sie einfach nur an."

Gavin bleibt abrupt stehen und sieht seinen Bruder befremdet an. Es macht ihm zu schaffen, dass er gezwungen ist sich gegen Lance zu schützen. Er muss stark sein, darf keine Schwäche zeigen.

„Oder hast du Angst?", ein melancholisches Lächeln umspielt Lance Lippen, „du kannst dich täuschen. Mich nicht. - Sie ist schön."

Gavin wendet sich ab und tritt ans Fenster. Selena hat durch ihren Kuss etwas in seinem Inneren wachgerüttelt. Eine Andeutung von Liebe. Dieses Gefühl existiert für ihn nicht. Es darf nicht vorhanden sein. Gavin lebt für seine Rache. Liebe macht verletzlich. Selenas Kuss brachte ein Stück davon zurück. Die Mätressen aus dem Anachronist befriedigen seine Bedürfnisse. Seine Barriere kann keine durchbrechen. Für die Frauen ist das unwichtig. Der Kunde soll zufriedengestellt werden. Nicht mehr, nicht weniger. Sind sie gut, gibt es besondere Vergünstigungen, wenn nicht – dann nicht. Mit Gefühlen hat das nichts zu tun, allenfalls mit aufgereizten Trieben, die die Männer nicht unterdrücken können. Nichts in Inessa hat mit echten Gefühlen zu tun. Nicht einmal die Zeugung von Menschen, die strikt geregelt ist. Was geschieht, geschieht aus Berechnung.

„Ich fürchte, als du sie geküsst hast, hast du einen Fehler gemacht", unterbricht Lance Gavins Überlegungen.

Gavin war so tief in seine Betrachtungen versunken, dass er Lance Einsickern in seine Überlegungen nicht bemerkte. Bevor Lance weiter sprechen kann, verlässt Gavin fluchtartig das Arbeitszimmer. Dass Lance sieht, was zwischen Selena und ihm geschehen ist, beunruhigt ihn.

Die Tür fällt mit einem Klappen ins Schloss. Für einen Moment sitzt Lance regungslos da. Er registriert den unkontrollierten Schlag seines Herzens. Die Enge in der Brust, die das Atmen schwer macht, den Schmerz der Sehnsucht, der jede Zelle seines Körpers befällt. Lance widmet sich seinem Buch, liest Zeile für Zeile, ohne zu verstehen. Er erinnert sich an ein Gespräch mit seiner Mutter. Sie empfand ähnlich, als sie seinem Vater das erste Mal begegnete. Danach war eine Verbindung zwischen ihnen unvermeidlich. Es gab nur ganz oder gar nicht.

Lance spürt Selenas kalte Hand immer noch unter seiner, das intensive Gefühl, als sie sich mit ihm verband. Er hat keine Wahl. Selena gibt seinem Dasein endlich einen Sinn. Lance braucht Selena. Er will ihren Körper, ihren Geist für sich. Ein Gefühl von Eifersucht und Schuld ergreift Besitz von ihm, denn er weiß, dass Gavin das Gleiche empfindet.

Vergangen

Selena schaut aus dem Fenster in die Dunkelheit. Die Gedanken in ihrem Kopf rasen in Spiralen auf und ab, um am Ende wieder an dem Punkt anzukommen, von dem aus sie sich ins Nichts stürzten.

Bevor Gavin das Zimmer betritt, spürt Selena ihn. Seine Präsenz überlagert alles andere. Obwohl Gavin an der Tür stehen bleibt und sie nur betrachtet, stören seine Schwingungen ihre Gedanken. Selena dreht sich nicht um. Etwas zwischen ihnen ist anders. Obwohl Gavin ihre Annäherung blockiert, spürt Selena, das es da ist. Sie fühlt seine Augen über ihren Körper streichen. Immer intensiver fühlt sie Gavin auf ihrer Haut. Eine erregende Empfindung windet sich ihren Rücken hinauf, über ihre Schultern, den Hals bis zu ihrem Haaransatz. Auf jedem Zentimeter ihrer Haut richten sich die Härchen auf. Sie verschränkt schützend die Arme vor dem Oberkörper und dreht sich um.

„Lass das! Was willst du von mir?"

Selena kann das Zittern ihrer Stimme nicht

verhindern. Ihre Blicke prallen aufeinander. Selena liest die Spannung in Gavins Augen, weiter lässt er sie nicht vordringen. Selena hat das Meer noch nie gesehen, nur auf Bildern und darüber in ihren Büchern gelesen, aber so stellt sie es sich vor. Tiefblau, beinah schwarz, aufgepeitscht durch den Sturm. Gischt, die sich an rohem Felsen aufwühlt, und mittendrin goldene Sonnen.

Gavin steht plötzlich ganz dicht vor ihr. Selena hat es nicht bemerkt. Er nimmt ihr Gesicht in seine Hände. Seine Berührung treibt eine erregende Hitze durch ihre Adern. Sein Blick saugt sich in ihrem fest. Selena hört wie er sagt:

„Was willst du hier?"

„Ich sollte dich eliminieren. Aber ich kann es nicht", antwortet sie.

„Was hindert dich?"

„Meine Herkunft. Kein Angehöriger meines Clans löscht absichtlich Leben aus. Ich wollte meinen Bruder vor Victor beschützen."

Gavin fühlt Selenas Haut unter seinen Fingerspitzen. Ihr verführerischer Duft steigt ihm in die Nase. Eine schmerzhafte Begierde breitet sich in seinen Lenden aus. Sein Verstand sagt ihm, sie gehen zu lassen, aber Gavin ist nicht in der Lage, sie freizugeben. Selenas Mund ist so nah und es ist ganz einfach.

Gegen Gavins Willenskraft ist Selena machtlos. Er spürt, dass sie ihm nachgibt. Wenn er es drauf anlegt, kann er sie haben. Jetzt sofort. Die Begierde sich Selenas schlanken Körper gefügig zu machen hat seine Triebe im Griff. Die Wärme ihrer weiche Haut, der Duft ihres Haares und die leicht geöffneten Lippen sind eine verlockende Einladung. Gavin beabsichtigt nicht sie auszuschlagen. Er presst Selena an sich, küsst sie ungestüm. Selena erwidert seinen Kuss und Gavins Fassade bricht endgültig zusammen. Ein Flut aus Erinnerungen und verdrängten Gefühlen überschwemmt sein Gehirn, zerrt seine Abwehrmechanismen nieder. Abrupt lässt er sie los. Entfernt sich von ihr. Selena kommt zu sich.

„Was ist passiert", murmelt sie benommen.

Gavin schweigt. Betrachtet sie nur. Selena

macht einen Schritt auf ihn zu. Warnend streckt er die Hand aus.

„Komm nicht näher!"

Sie bleibt stehen. Erstaunt nimmt sie seine Verwirrung wahr, spürt wie ihn seine Gefühle zerreißen.

„Bitte nicht", sagt sie, als er gehen will.

Gavins Hand liegt auf der Türklinke, als er innehält.

„Was willst du?", fragt er schroff, ohne sich umzudrehen.

„Lass mich dich sehen", bittet Selena sanft.

„Wieso sollte ich das tun?"

Gavin wendet den Kopf in ihre Richtung, vermeidet es aber sie anzusehen.

„Weil du voller Chaos, verdrängter Erinnerungen, Zorn und Trauer bist", stellt sie mitfühlend fest, „vielleicht kann ich dir helfen."

Gavin dreht sich ganz zu ihr und misst Selena mit herausfordernden Blicken.

„Du bist Victors Auftragskiller. Ich brauche deine Hilfe nicht."

„Das bin ich nicht. Lance hat es gesehen."

Gavin kommt drohend näher. Selena duckt sich instinktiv.

„Lass meinen Bruder aus dem Spiel. Er hat nichts damit zu tun!"

„Ich habe Lance nichts getan", verteidigt sich Selena, „alles, was geschah, ließ er zu. Er hat gesehen, dass ich nicht töten kann."

„Warum soll ich dir glauben?!"

„Weil es stimmt. Lance hat es dir gesagt. Und du hast es gesehen, aber du willst es nicht wahrhaben."

Gavin presst seine Lippen aufeinander. Ein dumpfes Gefühl von Eifersucht steigt in ihm auf. Gavin spürt die tiefe Zuneigung die Selena für Lance empfindet. Es wundert ihn nicht einmal. In Lance vereinen sich die Temperamte des Tandark - und des Soleas Clans in ausgeglichener Weise. Er kann seine Instinkte effektiver kontrollieren und beherrscht das Heilen, ein Erbe ihrer Mutter. Gavin beneidet ihn darum. Er wird durch das ungezügelte Blut seines Vaters dominiert. Das verleiht Gavins Fähigkeit zu Sehen und Schmerzen zuzufügen, die unheilvolle Form extremer Beeinflussung. Durch den Feuergeist kann Gavin sein hitziges Temperament nicht so dauerhaft unter Kontrolle halten, dass die Gabe immer wunschgemäß reagiert. Seine Stimmung kann durch kleinste Störungen aus dem Gleichgewicht kippen.

„Bitte Gavin lass mich dich sehen."

Er zögert. Alles in ihm sträubt sich dagegen. Nicht aus Angst vor dem, was Selena tun kann. Ihre Kräfte reichen nicht an seine heran. Es ist die Furcht vor der dunklen Seite, die sie sehen wird. Nicht einmal Lance kennt all seine verborgenen Schrecken. Gavin will Selena fühlen, ihr so nah wie möglich sein, aber ihr zu gestatten ihn zu sehen, ist etwas anderes. Dazu muss er sich ganz öffnen, seinen Schutzschild ablegen.

„Ich werde dich nicht beeinflussen", versucht Selena seine Zweifel zu vertreiben, „ich lüge dich nicht an."

Sie kommt näher. Gavin streckt die Hand aus. Selena hält inne. Schaut ihn fragend an.

„Bleib stehen. Ich kann das nicht."

„Was hast du zu verlieren?"

Meinen Bruder, schießt es Gavin durch den Kopf.

„Es ist wohl eher die Frage, was du zu verlieren hast? Glaubst du, du könntest Emotionen kontrollieren, die nicht einmal ich fassen kann?"

Selena ignoriert seine Frage. Sie muss wissen, was passiert ist. Selena stellt sich vor Gavin und sucht seinen Blick. Er rührt sich nicht, registriert jede Bewegung. Das Pulsieren der Ader an ihrem Hals, die Zunge, die ihre Lippen befeuchtet, der erregte Atem, das Auf und Ab ihrer Lider. Selena streckt ihre Rechte aus und legt sie auf seine Brust. Gavins Atem beschleunigt sich. Er unterdrückt die Fluchtgedanken.

Selena berührt mit der linken Hand seine rechte Wange, ihre Fingerspitzen liegen auf seiner Schläfe. Gavin schließt die Augen. Seine dunklen Wimpern hinterlassen Schatten auf seinen Wangen. Selena fühlt seinen donnernden Herzschlag unter ihrer Handfläche. Schlag auf Schlag. Gavin blinzelt. Seine Wimpern streifen ihre Fingerspitzen. Selena zuckt zurück.

„Ist schon gut."

Die Strenge in Gavins Stimme ist verschwunden. Er legt seine Hände auf ihre. Drückt sie beruhigend. Selenas Blick taucht in seine goldgrünen Sonnenteiche.

„Es wird wehtun", sagt Gavin.

Selena nickt wortlos. Sie hat erlebt, was er tun kann. Es ist unvermeidlich Gavins Schmerz zubegegnen, wenn er sie zum Ursprung seines Zorns führt. Selena hat sich entschieden. Es gibt kein Zurück.

Selena synchronisiert Atem und Herzschlag mit Gavin. Stille erfüllt sie. Selena erfasst Gavins Drift. Immer tiefer zieht er sie in das goldenen Leuchten. Es ist leicht. Er führt sie, hält sie mit seiner Gedankenkraft in der Strömung der Erinnerungen.

Abrupt bleiben sie stehen. Das Licht verlischt. Kälte kriecht durch Selenas Glieder. Sie lauscht in die Dunkelheit, hört dumpfe Schläge. Gavins Herz. Dann undeutliches Schreien aus der Ferne. Angst wirbelt in ihr auf. Unerwartet beginnt Gavin zu laufen. Er zieht Selena hinter sich her. Sie stolpert. Gavin fängt sie auf. Die Schreie kommen näher, werden lauter, schriller. Selena klammert sich an Gavins Hand. Ohne Vorwarnung hält er an. Ruckartig schleudert Selena gegen eine unsichtbare Wand aus Schmerz, die ihr den Atem nimmt. Reflexartig öffnet sie die Hände, um den Sturz abzufangen. Mühsam rappelt sie sich hoch. Sie steht im Dunkeln vor einem Haus. Fahles Licht dringt aus den Fenstern nach draußen.

„Du musst allein gehen. Ich kann nicht hinein", hört sie Gavins spröde Stimme in ihrer Nähe.

Selena versucht den Schmerz weg zu atmen. Es gelingt ihr nur teilweise, reicht aber um weiter in Gavins Erinnerung vorzudringen. Sie betritt das Haus und befindet sich im großzügig geschnitten Wohnraum.

Selena riecht es, bevor sie es sieht. Blut. Ströme von Blut. Flüssiges Eisen, süßlich penetrant, das einen metallisch stumpfen Geschmack im Mund zurücklässt. Selena kriecht Übelkeit die Kehle hinauf.

Die verschiedenen Flächen aus tiefem Rot, die sich über Boden, Wände und Möbel gelegt haben, sehen aus, wie das Werk eines irren Malers. Dazwischen drapiert menschliche Körper, Männer und Frauen, die zu diesem schreckenerregenden Bild beitragen.

Weit aufgerissene Augen und Münder. Im Todeskampf erstarrte Gesichter betrachten den Wahnsinn.

Grauen quillt in jeden Winkel von Selenas Körper und Geist. Sie sieht das Schreckliche, doch ihr Verstand weigert sich die Information zu verarbeiten. Selena kann keinen Schritt vor den anderen setzen. Nicht vor, nicht zurück. Aber Gavin hält sie in der Hölle fest. Es ist nicht vorbei.

Ein wilder Schrei reißt Selena aus der Betäubung. Eine dunkle Gestalt rennt an ihr vorbei, die breite Treppe hinauf, die den Wohnraum mit der ersten Etage verbindet. Selena folgt ihr hastig.

Die Person stürzt in das nächstgelegene Zimmer. Ein Junge liegt auf dem Boden. Das Gesicht blutverschmiert. Er öffnet die Augen, als sich die andere Person über ihn beugt. Das Blau eines Himmels ohne Wolken. Lance. Er kann höchstens 15 oder 16 Jahre alt sein. Selena schlägt sich entsetzt die Hände vor den Mund. Tränen rinnen ihr über das Gesicht. Ein Weinkrampf schüttelt ihren Körper. Die andere Person versucht Lance

Blutungen zu stoppen.

„Victor?!"

Lance schließt zur Bestätigung kurz die Augen. Selena erkennt Gavins Stimme. Jünger, aber der abgrundtiefe Hass ist deutlich zu hören.

„Ich werde ihn töten! Ganz langsam reiße ich ihm das Herz aus der Brust. Aber vorher soll er Höllenqualen leiden. Jeden einzelnen Stich, jede Verletzung, die er dir und den anderen beigebracht hat, werde ich ihm zufügen!"

Lance Lider senken sich. Kein Lebenszeichen ist zu erkennen. Sein blasses Gesicht, nahezu durchsichtig, gleicht einer wächsernen Totenmaske. Gavin fühlt Lance Puls, legt den Kopf auf seine Brust. Selena sieht Gavins dunkle Augen in dem jugendlichen Gesicht. Ein hilfloser, wütender junger Mann, der Vater und Mutter auf die grausamste Weise verlor, die man sich vorstellen kann. Durch einen Menschen, dem er vertraute.

„Gott oder wer du auch bist?! Tu mir das nicht an! Lance muss leben!"

Gavin schluchzt haltlos. Sein Kummer erfasst Selena so unvermittelt, dass sie die Wucht nicht abfangen kann. Getroffen von dem vollen Ausmaß seiner Hoffnungslosigkeit und Qual zerrt sie ein Wirbel scharfen Schmerzes von den Füßen. Sie sackt unter der Last von Gavins Emotionen zusammen. Ein markerschütternder Aufschrei bohrt sich in ihr Gehirn. Gavin reißt die Arme mit geöffneten Händen hoch und schreit:

„Hilf mir!"

Danach tritt eine Stille ein, die jedes andere Geräusch auslöscht. Eine erstickende Finsternis hüllt Selena ein und gibt ihr das Gefühl außerhalb jeder Zeit, jedes Raumes katapultierte zu werden. Sie schwimmt in einer Blase aus Schmerz, Trauer und brennendem Hass. Es übertrifft alles, was sie jemals fühlte und von dem sie dachte, es aushalten zu können. Ihr Bewusstsein beginnt sich im Kampf gegen die Qual aufzulösen. Selena sucht einen Ausweg, sonst werden die Emotionen sie in Bereiche ihres Geistes schleudern, aus denen sie nicht mehr herausfindet.

Nachdem Selena vom Tod ihres Vaters erfuhr, war sie diesem Zustand gefährlich nahe gekommen. Sie wollte nicht wahrhaben, dass sie ihren Vater verloren hatte, und verirrte sich im Labyrinth ihrer Erinnerungen, um den Schmerz nicht erleiden zu müssen. Es ist so leicht alles hinter sich und den Geist wandern zu lassen, immer weiter und tiefer in das Dickicht des Vergessens einzudringen, bis es kein Zurück mehr gibt. Nur der Gedanke an Alain bewahrte sie davor, in den Weiten ihres Geistes verloren zu gehen.

Plötzlich reißt die Dunkelheit auf und sanftes Leuchten hüllt sie ein. Fingerspitzen wirbeln über ihre Wangen, ihren Hals, verlieren sich in der kleinen Kuhle über ihrem Schlüsselbein. Warmer Atem streift ihre feuchte Haut. Weiche Lippen drücken sich auf ihre pochenden Schläfen, wandern über flatternde Lieder, bis zu ihrem zitternden Mund. Der Schmerz ebbt ab, verdrängt von maßloser Erregung. Selena wird sich ihres ausgehungerten Körpers bewusst.

Gavins tiefe Stimme versetzt ihr Inneres in Schwingungen. Sie hört Worte, ohne sie zu verstehen. Seine Berührungen kühlen ihre brennende Haut. Gedanken kommen und gehen. Selena hält sie nicht fest. Immer deutlicher fühlt sie Gavin. Seinen starken Körper an ihrem. Sie trinkt seinen Atem, wie frisches Wasser. Gavin bricht Selenas letzte Widerstände. Vertrauensvoll öffnete sie sich für ihn.

Verzicht

Das Klopfen an der Tür zerrt an Selenas Gedankenschleier. Verzweifelt versucht sie die Trance aufrechtzuerhalten. Sie will bei Gavin sein, ihn ganz in sich aufnehmen. Gavins Gegenwart ist stark. Er will sie so sehr, dass er kaum zu atmen vermag. Die Lust, die er ihr in Gedanken schenkt, reicht ihm nicht. Selena gehört ihm. Gavins Seele verzehrt sich nach ihr und sein Körper verlangt danach sich mit ihr in zügellose, abgründige Leidenschaften zu stürzen.

Doch Gavins Dämonen sind zu stark. Wenn Gavin ihr zu nahe kommt, wird er Selena in ein Chaos stürzen, an dessen Ende sie sich auflöst. Zulange hat er seinen Gefühlen freien Lauf gelassen, hat nicht gelernt sie zu kontrollieren und es auch nicht gewollt.

Erneut klopft es. Diesmal energischer. Selena wehrt sich, doch in ihre Illusion mischt sich etwas Wirkliches, das sie und Gavin ins Strudeln bringt. Sie sieht das grenzenlose Bedauern, die lohende Qual in Gavins glitzernden Sonnen. Aus weichem Leuchten ist grimmige Hitze geworden.

„Bitte komm zurück", flüstert Selena.

„Ich würde dich töten, wenn wir zusammen wären", Gavins Stimme ist rau.

„Das ist es mir wert", erwidert Selena trotzig.

„Nein", flüstert Gavin, „du bist kostbarer als dieser eine Augenblick."

Der Schmerz der Erkenntnis kostet Selenas ganze Kraft. Gavins Blick dringt in ihren. Für einen köstlichen winzigen Moment fühlt sie ihn ganz tief in ihrem Körper. Ihr ganzes Sein wirft sich ihm entgegen.

„Gavin es ist wichtig!", hören sie Lance dumpfe Stimme durch die Tür.

Gavin will Lance fortschicken. Aber er ist

es, der gehen muss. Wenn er Selena körperlich liebt, wird es sie töten. Ihr darf nichts
zustoßen. Selena muss leben. Für ihn gibt es
keine Hoffnung, keine Erlösung. Selenas fle-
hender Blick trifft ihn ins Herz. Gavin schüttelt wortlos den Kopf.

„Komm rein", hört Selena Gavin von weit
her.

Die Tür öffnet sich. Lance flüstert Gavin
etwas zu. Selena spürt, wie sich seine Seele
von ihr entfernt. Mit einem letzten Blick löst
er sich von ihr und geht. Die Leere, die von
Selena Besitz ergreift, zieht ihr den Boden
unter den Füßen weg. Sie wankt. Ihre Beine
geben nach. Lance fängt sie auf. Er ist stark.
Selena lässt sich fallen.

Lance fühlt Selena, bevor er sie berührt. Die
kleinen Härchen auf ihren Armen, den
Rhythmus ihres Herzschlags, ihren betören-
den Duft. Noch nie begehrte er etwas so
sehr. Seit Gavin Selena vor ein paar Stunden
mitbrachte, brennt sein Herz und sein Körper lichterloh.

Lance lebt damit die zügellosen Anteile

seines Tandark Erbes ständig zu kontrollieren. Seine Besonnenheit und sein mäßigen-
der Einfluss stabilisieren Gavin. Als Lance
Selena in seinen Armen hält, gerät seine Ba-
lance aus dem Gleichgewicht. Er vergräbt
sein Gesicht in Selenas weichem Haar, atmet
ihren Duft ein. Ein Zittern läuft durch Selenas Körper. Lance weiß, dass sie keine Angst
hat. Er sieht ihre Leidenschaft, auch wenn sie
sie selbst noch nicht erkennt.

Er hebt ihr Gesicht zu sich empor. Schaut
sie mit seinen klaren Himmelsaugen an.
Lance erfasst ihren Kummer und zieht ihn
fort. Ein Wind der Regen vertreibt. Lance
nimmt Selena mit sich in die Schwerelosig-
keit. Sie schließt die Augen. Lance zieht Selena unaufhaltsam an. Ihre Lippen finden
sich. Seine Zunge erkundet ihren Mund,
schmeckt seine eigenen salzigen Tränen.
Schmerz und Sehnsucht vermischen sich zu
einem aphrodisischen Cocktail, der sich
durch ihrer beider Gabe zu einem Gefühlssturm aufschaukelt, dem sie sich nicht entziehen können.

Lance erkennt Selenas Wünsche und Vorlieben so geschickt und steigert sie in einem Ausmaß, das sie befürchtet durch die Spannung zwischen ihnen ohnmächtig zu werden. Aber Lance beherrscht das Spiel. Er hält sie, gibt Selena Raum sich an die Erregung zu gewöhnen, um sie dann weiter zu tragen. Er hat sein ganzes Leben auf sie gewartet. Es ist seine Bestimmung sie zu lieben.

Seine Hände erkunden Selenas feingliedrigen Körper, befreien sie geschickt von ihrer Kleidung. Als seine Fingerspitzen über ihre warme Haut streichen, stöhnt sie leise. Lance hebt Selena hoch, trägt sie zum Bett. Er entkleidet sich und legt sich zu ihr. Als sich ihre nackten Körper berühren, bricht ein Inferno los.

Selena hat das Gefühl jede Zelle ihres Körpers zerbricht. Ihr Blut verwandelt sich in einen Feuerstrom. Ihr Verstand wird von ihren Empfindungen in Fetzen gerissen. In diesem Moment der Fülle kommt ihnen der Mangel, den sie erlitten haben, noch intensiver zu Bewusstsein. Ihre Körper verschmelzen zu einem einzigen wollüstigen Wesen. Sie stürzen in eine Ekstase, in der nichts anderes existieren kann. Schmerz, Trauer, Verlust, Sehnsucht, Entbehrungen, Zorn, Liebe, Gier, Zärtlichkeit türmen sich durch ihren Zusammenprall zu einem Ausbruch auf, der alles verschlingt.

Als Lance zu ihr kommt, ist Selena bereit ihn aufzunehmen. Er presst sie fest in die Kissen und stößt mit einem Ruck in ihr heißes Fleisch. Mit einem hellen Schrei bäumt sich Selena auf. Ihre Finger krallen sich in seine Schultern. Lance verbindet sich nicht nur mit ihrem Körper, sondern mit ihrem ganzen Sein. Er führt sie und Selena folgt, bis sie sich auf gleicher Höhe befinden. Jeder Zentimeter von Lance trainiertem Körper ist zum Zerreißen gespannt. Seine Muskeln sind hart, die Begierde treibt Schweißperlen zwischen seine Schulterblätter.

Die Wildheit ihrer Lust macht Lance trunken. Ihre Küsse werden immer intensiver, bis Lance nicht mehr zwischen ihren Lippen und Zungen unterscheiden kann. Willig schmiegt sich Selena an seinen festen Körper, presst ihr Becken gegen seine Lenden, nimmt seinen Rhythmus auf und kommt ihm entgegen. Selena löst sich von allen Gedanken. Sie öffnet sich und badet in ihrer Lust, lässt ihrer Fantasie und ihrem Körper freien Lauf. Lance muss sich beherrschen Selena nicht mit seiner ganzen Kraft zu konfrontieren. Er muss den letzten Rest von Kontrolle wahren, damit sie sich nicht völlig in dieser Welt aus Lüsten verirren.

Eng aneinander geschmiegt liegen sie da. Selena verbirgt ihr erhitztes Gesicht an Lance Brust. Sanft streichelt er ihr Haar, genießt es wie sich Selenas sinnlicher Körper an seinem anfühlt. Die Rundungen ihrer Brüste, die weiblichen Hüften, die schmale Taille und die weißen Schenkel, die sich um seine Beine legen. Lance denkt an ihre feuchte Spalte und an die erregenden Laute, als sie kam. Lance ist nicht unerfahren, trotzdem hat er sich nie vorgestellt, dass es sich so anfühlen könnte. Er will nie wieder etwas anderes.

Immer noch bebt Selena von dem Rausch, in dem sie sich liebten. Sie ist erschöpft und hat sich doch niemals so gut gefühlt. Lance hat sie erfüllt. Mit seinem Körper und mit seiner sanften Seele. Es ist leicht sich ihm hinzugeben, ihn zu lieben. Gleichzeitig denkt Selena an Gavin und fühlt sich elend. Tränen tropfen auf Lance Haut. Ein heftiges Zittern erschüttert ihren Körper. Lance zieht sie enger an sich und Selena schlingt ihre Arme fest um ihn. Sie hört Lance Herzschlag.

„Er würde dich töten", flüstert Lance, „er hätte seine Gefühle dir gegenüber nicht beherrschen können."

„Aber er hatte andere Frauen."

Selena fühlt den schmerzhaften Stich selbst, den sie Lance durch diese Unterhaltung zufügt. Aus Gesprächen mit ihrem Vater weiß sie, dass diese Übertragung nun immer so sein wird.

„Es tut mir leid", entschuldigt sich Selena.

Sie küsst die kleine Kuhle an seinem Hals und merkt, dass er zittert.

„Das ist etwas anderes. Hat nichts mit Gefühlen zu tun", erklärt Lance. Er bemüht sich sachlich zu bleiben, aber sein Körper reagiert sofort auf ihre Liebkosung. „Das ist nur eine rein körperliche Sache und zieht seine Gefühle nicht in Mitleidenschaft. Mit dir ist das etwas anderes. Er könnte dich und sich nicht festhalten."

„Ich weiß", murmelt Selena.

Sie hat, während sie sich liebten, nicht nur ihre Hingabe, Lust und Erregung erlebt, sondern gleichzeitig auch Lance Empfindungen erfahren. Nie hätte Selena vermutet, einen Gefühlssturm solchen Ausmaßes aushalten zu können. Er raste mit unfassbarer Macht durch ihren Körper und Geist und trieb sie an den Rand von Leben und Tod. Nur Lance Stärke hinderte sie daran die Grenze zu überschreiten.

Selena erkennt, dass Lance die Wahrheit sagt. Er kann ihr nichts vormachen. Gavins ungezügelter Charakter, der sich mit ihrer Gabe vermischte, hätte sie getötet. Selena genießt die Lust. Mehr als das. Sie liebt Lance und doch fühlt sie Gavin in seinen Armen, sieht seine dunklen Augen, die ihr sagen, dass sie ihm gehört. Sie erkennt seinen kräftigen besitzergreifenden Körper, der sie nimmt. Gleichzeitig begreift Selena, dass sie nie so mit Gavin zusammen sein kann, wie mit Lance. Gavin wird alles tun Selena nicht in Gefahr bringen. Und Lance wird alles tun, um dies zu verhindern, weil er sie liebt.

Ihr entfährt ein hilfloses Schluchzen. Erschrocken presst Selena ihre Lippen zusammen. Ihr Kopf schmerzt. Lance Fingerspitzen streichen sanft über ihre Stirn und der Schmerz ebbt ab.

„Sieh mich an", sagt er.

Selena gehorcht und seine wolkenlosen blauen Augen schauen sie zärtlich an.

„Es gibt nichts, dass ich dir oder du dir verzeihen müsstest", sagt er und Selena fühlt die Traurigkeit hinter seinen Worten, „niemand kann etwas dafür. Wir sind, wer wir sind. Die letzten unserer Clans."

Lance küsst Selena und eine heilsame Wärme strömt durch ihren Körper.

„Ich liebe dich für immer. So wie Gavin. Das ist unsere Bestimmung", flüstert er ihr ins Ohr, „wir sind Geschöpfe der Schmerzen. Unserer eigenen und denen der anderen."

Sein Verständnis und seine Zärtlichkeit lösen Selenas mühsam zurückgehaltene Tränen. Ein salziger Sturzbach ergießt sich über ihre Wangen. Lance trinkt sie, wie bittersüßen Wein.

Nicht weit von Lance und Selena entfernt, flüchtet sich Gavin in einen dunklen Hauseingang. Kraftlos sinkt er auf die ausgetretenen Steinstufen. Er zittert wie Espenlaub, lehnt seine Stirn erschöpft gegen die raue Wand. Von seinem Bauch über seine Lunge quillt ein so intensiver Schmerz in sein Bewusstsein, dass er fürchtet, daran zu ersticken. Gavin ist ein Meister darin seine Gefühle gegen andere zu richten, umso heftiger trifft ihn die Stärke der Qual. Selena wird ihm niemals ganz gehören, ebenso wenig wie Lance. Beiden wird ein Teil Selenas vorsagt bleiben. Gavin kann sie nicht körperlich lieben, ohne sie zu verletzen und Lance wird niemals Selenas ungeteilte Liebe gehören.

Es dauert eine Weile, bis es Gavin gelingt, sich auf sein eigentliches Ziel zu konzentrieren. Victors Tod. Sein Herz schreit so laut nach Rache, dass es jedes andere Gefühl überlagert. Die Zeit ist gekommen den Mörder seiner Eltern zur Rechenschaft zu ziehen.

Nena

„Hallo Gavin." Idris sieht ihn erstaunt an. „Was ist passiert? Du siehst furchtbar aus."

„Idris", Gavin nickt ihm zur Begrüßung zu, „ich muss mit Nena sprechen."

Er drängt sich an ihm vorbei in den schmalen Flur der kleinen Wohnung. Idris will etwas sagen. Gavin winkt ab.

„Später."

Gavin klopft an einer Tür, wartet einen Augenblick.

„Herein", ruft jemand.

Er tritt ein und schließt die Tür hinter sich. Idris schüttelt den Kopf, geht in sein Zimmer und legt sich auf sein Bett. Die anderen schließen ihn meistens aus. Halten ihn für zu jung. Sie denken, er kann es nicht verstehen, aber sie irren. Idris weiß genau, was vor sich geht. Sie werden kommen und ihn um Hilfe bitten, dann kann er zeigen, was in ihm steckt.

„Hallo Nena. Wie geht es dir?"

Gavin lächelt der alten Dame zu, die am Fenster in einem karierten Ohrensessel sitzt.

Eins der wenigen schönen Stücke in dem spartanisch eingerichteten Raum. Nena wirkt klein und zerbrechlich in dem großen Sessel. Ihr weißes Haar ist sorgfältig gekämmt und ihre hellbraunen Augen strahlen Ruhe und Zuversicht aus. Gavin geht zu ihr und küsste sie auf die Stirn.

„Danke mein Junge", sie sieht ihn aufmerksam an, „aber ich fürchte dir geht es nicht besonders gut."

Gavin zieht sich einen Stuhl heran und setzt sich der Frau gegenüber. Sie legt ihre zarte faltige Hand auf seine kräftige, glatte.

„Das wäre nichts Neues", Gavin flüchtet sich in Sarkasmus, um sich gleich darauf zu schämen. „Entschuldige Nena. Ich weiß, du meinst es gut."

„Schon gut Junge. - Es ist lange her, dass du mich besucht hast. Wie geht es Lance? Ist mit ihm alles in Ordnung?"

Gavin nickt wortlos. Was soll er sagen? Dass er Lance so sehr beneidet, dass es ihm kaum gelingt, dieses erstickende Gefühl unter Kontrolle zu halten. Einzig sein Zorn auf Victor lenkt ihn davon ab. Nena würde ihm das übel nehmen. Gavin ringt sich ein Lächeln ab, um sie zu beruhigen.

Die alte Dame schaut Gavin besorgt an. Sie kennt ihn seit Kindertagen und spürt deutlich, dass etwas nicht stimmt. Nena kam als Kindermädchen zu den Harris, wenige Wochen nach Gavins Geburt. Schon damals wusste sie, dass er etwas Besonderes ist. Gavin lernte enorm schnell, hatte ein Auffassungsvermögen, dass das anderer Kinder weit übertraf. Andererseits war er so reizbar und aufbrausend, dass es schwierig war, ihn zu beruhigen, wenn er sich in einen seiner Anfälle verstrickte und sich nicht mehr daraus befreien konnte.

Anders Lance. Bei ihm dominierte das Wesen seiner Mutter. Als Lance sechs Jahre nach Gavin geboren wurde, hielt die Familie den Atem an. Sie befürchtete, dass Gavin äußerst eifersüchtig reagieren würde. Nichts dergleichen geschah. Gavin liebte seinen Bruder abgöttisch, während Lance mit geradezu schwärmerischer Bewunderung zu ihm aufsah. Trotz seines jungen Alters war Lance gewissermaßen Gavins zweite Hälfte. Das ausgleichende Element.

Umso härter traf es Gavin, als er seinen Bruder dem Tode nah fand. Er machte sich die größten Vorwürfe, ihn nicht beschützt zu haben. Nena fand die beiden Jungen nach dem Massaker, brachte die Jungen in Sicherheit und pflegte Lance gesund. Der stille Junge wurde noch zurückhaltender. Während Gavin sich in ständiger Aufruhr befand, wütete und tobte wie ein Berserker. Nena gelang es nur mit Mühe den trauernden, erbitterten Jungen von einer Dummheit abzuhalten. Als Lance sich erholte, wurde es besser. Er half Gavin sich zu fokussieren und nicht sofort aus der Bahn werfen zu lassen.

„Was kann ich für dich tun?", fragt Nena.

„Es fällt mir schwer, dich darum zu bitten", beginnt Gavin und atmet hörbar ein, „aber ich muss es tun."

Nena wartet bis Gavin sich gesammelt hat und weiterspricht.

„Victor hält einen Jungen gefangen. Zwölf Jahre alt. Er benutzt ihn als Druckmittel, damit seine Schwester mich tötet. Sie gehört dem Soleas Clan an."

Nena zieht die Augenbrauen hoch.

„Wie heißt das Mädchen?"

„Selena Marais. Weißt du etwas über sie?"

„Nein, aber über ihren Vater. Er war ein großartiger Wissenschaftler. Professor Marais suchte nach einem Mittel, das Aggressionspotenzial des Tandark Clans auszugleichen und ihnen ein gewaltfreies Leben zu ermöglichen. Ich traf ihn ein paar Mal im Haus deiner Eltern. Ein sanfter, intelligenter Mann. Er ersuchte die Hilfe deines Vaters."

„Und?"

Nena schüttelt den Kopf.

„Dein Vater versuchte deinen Onkel von dieser Möglichkeit zu überzeugen, aber er weigerte sich, sie nur in Betracht zu ziehen. Er war der Meinung, dass der Tandark Clan dazu geschaffen wurde zu herrschen. Es sei das verbriefte Recht eurer Familie, die Belange der Menschen zu regeln."

„Darum hat er sie getötet", sagt Gavin tonlos.

„Und alle, die auf der Seite deines Vaters standen. Das löste einen Aufstand unter den übrigen Tandarks aus. Sie waren der Meinung, dass man sich nicht gegen den eigenen Clan wendet. Victor nutzte den Protest um den Ausnahmezustand auszurufen und die restlichen Mitglieder entweder gefangen zu nehmen oder zu töten."

„Warum hat er nicht versucht Lance und mich zu töten, nachdem das fehlschlug?"

„Ich weiß es nicht." Nena zuckt ratlos mit den Schultern. „Vielleicht hatte er den Rest eines Skrupels unschuldige Kinder zu töten."

„Das kann ich mir nicht vorstellen", sagt Gavin nachdenklich, „sonst hätte er Selena nicht auf mich angesetzt."

Gavin fragt sich, ob Victor ernsthaft glaubt, dass Selena in der Lage ist, ihn zu töten. Gavin vernimmt das leise monotone Ticken der alten Standuhr, deren Pendel im ewig gleichen Takt hin und her schwingt. Schon als Kind faszinierte ihn das antiquarische Stück. Er starrte auf das Pendel und folgte dem Schwung. Das beruhigte Gavin und versetzte ihn in eine Art Trance unter der er die schrecklichen Bilder von Victors Schlachtung ertragen konnte. Diesmal macht ihn das Ticken nervös. Er hat das Gefühl ihm läuft die

Zeit davon.

Nena betrachtet Gavin. Sie wundert sich immer, wie jung er aussieht, obwohl er sich in einem ständigen Mahlstrom der Gefühle befindet und alle Kraft braucht seine Aggressionen zu zügeln. Und zum hundertsten Mal sagt sie sich, dass es an dem Erbe seiner Eltern liegen muss. Er besitzt die stattliche kräftige Physis seines Vaters Alexander, seine wachen Augen und die Intelligenz. Gavin ist der geborene Anführer. Während Lance die hellen Haare, die sanften Augen und die Vorliebe für Poesie von seiner Mutter Gwendolyn erbte.

Nena sah davor oder danach keine Frau, die so schön war und einen ebenso edlen Charakter besaß. Die Männer lagen ihr zu Füßen. Selbst als sie sich für Gavins Vater entschied, buhlten sie weiter um ihre Aufmerksamkeit.

Nicht zum ersten Mal hegt Nena den Verdacht, dass Victor eine gefährliche Neigung für die Frau seines Bruders gehabt haben könnte. Nie vergisst sie den Tag, an dem sie das Haus der Harris betrat und Alexander mit einer Gruppe hochrangiger Tandark Oberhäupter hingeschlachtet, wie Vieh, vorfand. Nena vermutet, dass Victor diese Versammlung als Affront gegen sich betrachtete und die Ansicht vertrat, eine Revolution müsste im Keim ersticken werden. Die Stille im Haus erfüllte sie mit größerem Schrecken, als es Schlachtgetümmel vermochte. Nena eilte in die obere Etage und fand Gwendolyn in ihrem Schlafzimmer. Getötet mit einem einzigen Stich in ihr gutes Herz. In manchen Traumnächten sah Nena ihr friedliches Gesicht vor sich.

Sie eilte weiter, suchte ihre Schützlinge. Als sie Lance Zimmer betrat, hielt sie den Atem an. Vor ihr saß Gavin, blutüberströmt, presste irgendeinen Stofffetzen auf Lance Schnittwunden, hielt ihn in seinen Armen und wiegte ihn sanft. Kein Laut kam über seine Lippen. Tränen rannen unaufhörlich über seine Wangen. Nie wieder sah Nena Gavin weinen. Jedes Gefühl in seinem Inneren schien sich in Hass zu verwandeln. Der Einzige, der ihm etwas bedeutete war Lance, und er fand als einziger Zugang zu ihm.

Der helle Klang des Glockenschlages reißt die beiden Menschen aus ihrem Schweigen.

„Ich muss in den Dome Nena."

Die alte Dame sieht Gavin nachdenklich an. Sie versucht ihre Sorgen zu unterdrücken, aber es gelingt ihr nicht.

„Ich habe befürchtet, dass es eines Tages passiert. Aber warum jetzt? Seit du dich von Victor fernhältst, lässt er dich in Ruhe. Was hat sich geändert?"

„Selena", sagt Gavin. Ihren Namen auszusprechen bereitet ihm Schmerz. „Lance und sie können es schaffen. Ihre Eltern gehörten dem Soleas Clan an – wie unsere Mutter."

Nena spürt es sofort.

„Du liebst sie", sagt sie Gavin auf den Kopf zu.

„Ich bin mir nicht sicher, dass ich weiß, was Liebe ist", versucht er die Sache ins Lächerliche zu ziehen. „Lance liebt sie. - Draußen gibt es etwas anderes", Gavin senkt seine Stimme zu einem Flüstern, obwohl er sicher ist, dass Nenas Wohnung nicht verwanzt ist. Immerhin hat er dafür gesorgt.

„Sie können es schaffen. Ich habe es gesehen. – Sie hat es mir gezeigt."

„Selena?"

Gavin nickt. Als er mit Selena verbunden war, sah er, ohne dass sie es merkte, was ihr Vater ihr erzählt und gezeigt hatte.

„Wie kann ich dir helfen?", fragt Nena.

Gavin zögert einen Moment.

„Ich brauche jemand, der ohne aufzufallen im Dome ein und ausgeht."

„Idris", flüstert die alte Dame entsetzt.

Gavin nickt.

„Es tut mir leid. Ich habe mich von euch ferngehalten, um euch nicht in Gefahr zu bringen, aber ich brauche Idris Hilfe."

Den Jungen in diese Sache hineinzuziehen behagt Gavin nicht. Idris ist Nenas Freude und ihr Halt. Sollte ihm etwas zustoßen, kann er ihr nie wieder unter die Augen treten. Aber er bewegt sich frei im Dome und Gavin braucht jemand, der ihm, ohne Aufsehen zu erregen, Zugang zu den Hauptsystemen verschafft.

„Mir tut es leid", sagt Nena. Ihre Stimme lässt an ihrer Ablehnung keinen Zweifel, „du bist wie ein Sohn für mich. Aber ich lasse nicht zu, dass du den Jungen für deine Rachepläne benutzt."

Gavin will zu einer Erklärung ansetzen, als sich die Tür öffnet und Idris eintritt. Er geht zu seiner Großmutter und nimmt ihre Hand.

„Ich muss ihm helfen", sagt Idris mit fester Stimme, „du hast mich gelehrt, dass wir für das einstehen müssen, was wir für richtig halten. Dem Kind zu helfen ist richtig."
Er macht eine Pause, dann fährt er fort: „Ich möchte Gavin begleiten. Ich will sehen, was dort draußen ist."

Erstaunt sieht Gavin ihn an. Wie hat Idris ihre Unterhaltung belauscht? Der Junge lächelt, als könne er seine Gedanken lesen und zeigt ihm das Glas, das er hinter seinem Rücken verborgen hat. Gavin kann sich ein Grinsen nicht verkneifen. Der älteste Trick der Welt. Er hielt Idris für einen Träumer, versunken in seine eigenen Kosmos. Nun beweist er ihm das Gegenteil.

„Hab keine Angst Großmutter. Ich werde vorsichtig sein. Selbst mein Vorgesetzter bemerkt kaum, dass ich da bin. Eher würde es auffallen, wenn ich fehle." Ein spitzbübisches Lächeln huscht über seine feinen Züge.

„Das ist kein Spaß", Nena will ihren Enkel nicht kampflos gehen lassen, „Victor ist ein grausamer Mann. Er wird Schlimmeres tun, als dich zu töten, sollte er dich erwischen."

Idris senkt die Lider. Gavin fürchtet für einen Moment der Junge wird sich anders entscheiden. Als Idris seinen Blick wieder auf seine Großmutter richtet, bemerkt Gavin den entschlossenen Ausdruck auf seinem Gesicht. Innerhalb weniger Augenblicke ist aus dem Jungen ein Mann geworden.

„Bitte Großmutter schau mich nicht so traurig an", er drückt sanft Nenas Hände, „du weißt, dass ich das tun muss. Wie kann ich weiterleben, wenn ich meine Augen vor dem Unglück anderer verschließe?"

Nena laufen Tränen über die Wangen. Idris küsst sanft ihre Stirn. Die alte Dame wirft Gavin einen missbilligenden Blick zu. Er bedauert, dass er dem Menschen, der ihm nach seinem Bruder am meisten bedeutet, Schmerzen zufügen muss.

„Hab keine Angst Großmutter. Alles wird

gut."

Nena sagt kein Wort. Um Idris willen ringt sie sich ein winziges Lächeln ab. Nena ist bewusst, dass jeder seinen Weg finden muss. Sie wünschte, es wäre nicht so bald der Fall, aber es ist nicht mehr aufzuhalten.

Das Ticken der Standuhr dringt Gavin ins Bewusstsein. Es wird Zeit die Dinge voranzutreiben. Er legt Idris eine Hand auf die Schulter.

„Wir sollten uns unterhalten."

Idris drückt seiner Großmutter einen Kuss auf die Wange und führt Gavin in sein Zimmer.

Götter und Dämonen

Gavin streift durch die einsamen Gassen der Randgebiete. Er bringt es nicht fertig in die Wohnung zurückzukehren. Die Gedanken rasen wie Sturmböen durch seinen Kopf.

Ist das Leben nur ein Scherz? Ausgetragen zwischen Göttern und Dämonen. Der gewinnt, der die meisten Lacher auf seiner Seite hat? In Gavin erhärtet sich das ungute Gefühl, sich in zwei Welten gleichzeitig zu bewegen. Nichts ist falsch oder wahr. Egal wie er entscheidet, es kann nicht richtig sein. Die zwei Welten überlagern sich wie hauchdünne Seiten Papier, deren Lettern sich jeweils mit den Lettern der anderen Seiten vermischen und ihren Sinn nicht mehr einwandfrei wiedergeben.

Vor Selena war alles glasklar. Gavin wartete auf den Moment, in dem er sich an Victor rächen konnte. Seit Selena in sein Leben getreten ist, sich in seinem Körper, seinen Zellen einnistete, zweifelt er an allem, was er so sicher zu wissen glaubt. Dazu kommt das nagende Gefühl der Eifersucht auf Lance. Sein Verstand sagt ihm ausdrücklich, dass er sich von Selena fernhalten muss. Seine Gefühle lassen ihm keine Ruhe. Sobald er sich einen kurzen Moment der Schwäche erlaubt, kriecht Selena unter seine Haut und raubt ihm die Sinne.

Gavin fühlt sie greifbar. Ihr süßer Duft, die Zartheit ihrer Haut, sogar ihr Herzschlag hinterlässt Spuren in seinem Körper. Sein aufgepeitschtes Blut fließt feuergleich durch seine Adern und bereitet ihm ständigen Schmerz. Das Verlangen Selena zu besitzen, in sie einzudringen, ihre Hingabe und Ekstase auszulösen, bis sie zu einem einzigen Wesen verschmelzen, wird immer mehr zu einer Obsession.

Jeden Zeitgefühls beraubt, kehrt Gavin in das Versteck zurück. Lance begrüßt ihn erleichtert.

„Gavin. Himmel! Warum hast du mir keine Nachricht zukommen lassen. Ich fürchtete dir wäre etwas zugestoßen."

Er umarmt Gavin kurz.

„Du übertreibst. So lange war ich gar nicht unterwegs", Gavin klingt müde.

„Beinahe acht Stunden."

„Tut mir leid", erwidert Gavin geistesabwesend. Er will nach Selena fragen, unterlässt es im letzten Moment, „ich brauche ein paar Stunden Ruhe."

Gavin geht den Flur hinunter und stößt die Tür zu seinem Quartier auf.

„Was ist mit dem Jungen?", ruft Lance hinter ihm her.

„Es ist alles in die Wege geleitet. – Später", hört er Gavin sagen, bevor die Tür krachend ins Schloss fällt.

Selena fühlt Gavin, bevor er die Wohnung betritt. Seine Verwirrung, die Wut, den Schmerz, seine unbändige Lust. Gavin erfasst ihre Seele und ihren Körper, ohne dass Selena ihm etwas entgegensetzen kann. Anders als Lance lässt er ihr keine Wahl.

Selena hatte nie Schwierigkeiten ihre Gabe zu benutzen, aber in diesen vier Wänden, mit zwei Menschen, deren Fähigkeiten ihren entsprechen, noch gesteigert durch das feurige Temperament des Tandark Clans, ist es ihr kaum möglich sich gegen Einmischungen zu schützen oder sie in die richtige Richtung zu lenken.

Es klopft.

„Herein."

Lance. Leise schließt er die Tür. Selena sitzt auf dem Bett und sieht zu ihm auf. Sie fühlt ihn immer noch in ihrem Körper und ist dankbar, dass er nicht versucht in ihre Gedanken einzudringen. Lance schweigt. Er liebt Selena und wird warten, solange es nötig ist.

„Was sollen wir tun?", bricht Selena das Schweigen.

„Warten."

„Worauf?", sie kennt die Antwort.

„Gavin hat alles in die Wege geleitet. Mach dir keine Sorgen."

„Er hat es dir nicht mitgeteilt?"

Lance setzt sich neben sie und nimmt ihre Hand.

„Das muss er nicht. Du weißt, es ist wahr."

Selena nickt. Sie sehnt sich nach Lance Nähe, dem Trost, den sie daraus schöpft. Sanft legt er den Arm um Selenas Schultern. Sie hört seinen drängend Herzschlag und schließt die Augen. Sie denkt an das, was er mit ihr getan hat und ein Schauer rinnt über ihren Körper.

„Ich kann es nicht tun", flüstert er Selena ins Ohr.

„Ich weiß."

Seine Lippen streifen ihr Haar. Er atmet

ihren warmen Duft ein. Die quälende Sehnsucht nach ihr nimmt ihm den Atem. Als Lance sich von ihr löst, fröstelt sie.

„Sobald es Neuigkeiten gibt, sage ich dir bescheid."

Lance geht hinaus. Erschöpft lehnt er sich gegen die Zarge. Die Gefühle unter Kontrolle zu halten kostet ihn seine ganze Energie. Automatisch greift er in seine Jackentasche. Seine Finger greifen krampfhaft um das Buch, dass er immer bei sich trägt. Schweren Herzens begibt er sich in sein Zimmer und schließt die Tür hinter sich.

Selena steht in einem Wohnraum, der alles übertrifft, was sie bis dahin gesehen hat. Die hohen Decken sind aus hellem Holz, ebenso der Fußboden. Durch die großen Fenster fällt Sonnenlicht und erwärmt den Raum auf natürliche Weise. Sie versucht hinaus zu sehen. Die Landschaft ist nicht zu erkennen, liegt hinter einem milchigen Schleier. Selena fühlt die glatten Bohlen unter den nackten Füßen. Sie kann den trockenen Geruch von Staub und Holz riechen.

Alles deutet darauf hin, dass es real ist und dennoch gibt es diese winzige Unebenheit, die ihr anzeigt, dass es eine Illusion ist. Selena ist sie selbst und trotzdem ist es ihr möglich, sich von außen zu betrachten. Sie trägt ein weißes, knöchellanges Baumwollkleid, das ihre zierliche Figur hervorhebt. Die offenen Haare fallen über ihre entblößten Schultern. Sie glänzen wie gesponnenes Gold. Selena spürt, dass sie nicht allein im Raum ist. Eine sanfte Stimme verwebt sich mit den Sonnenstrahlen:

„... und die Sonne umfängt die Erde
Der Mond küsset das Meer inniglich
Was nützen all diese Küsse nur
Wenn du nicht küssest mich." (3)

In Gavins Leben haben romantische Gefühle keinen Platz. Nur Lance kennt so wundervolle Verse.

„Lance", ruft Selena ihn.

Ehe er antworten kann, reißt der Kontakt ab. Der Raum verdunkelt sich, schrumpft förmlich zusammen. Selena durchflutet eine intensive Hitzewelle. Er ist hier. Gavin. Er fordert sie. Selena weiß, dass sie nicht die Kraft hat, sich zuverweigern. Sie will es auch nicht.

Gavins rätselhafte Aura dringt ihr durch die Haut, direkt in den Körper, bringt ihr Blut in Wallung und macht sie atemlos. Sie kann seinen einzigartigen Geruch wahrnehmen, als er mit seiner tiefen Stimme ihren Namen sagt, kriecht eine Gänsehaut ihren Rücken hinauf, bis in den Nacken.

Selena dreht sich um. Gavin steht dicht vor ihr. Sein warmer Atem streift ihr Gesicht. Ein heftiges Zittern erschüttert ihre Glieder. Das Blau seiner Augen ist so dunkel, dass es sich der Schwärze seiner Pupillen angleicht. Die goldenen Seen sind verschwunden. Selena erkennt sein Verlangen, das keinen Widerstand duldet. Sein sinnlicher Mund zieht ihren Blick an. Noch ehe Gavin ihre Lippen berührt, fühlt sie das Kribbeln auf ihrem Mund.

Mit einer einzigen Bewegung streift er ihr das Kleid von den Schultern. Er hebt Selena hoch, als sei sie federleicht und trägt sie auf ein weiches Bett. Gavin bedeckt Selenas Körper mit unzähligen Küssen und legt eine Spur von Flammen auf ihre Haut. Seine ungezügelte Lust reißt sie mit. Ohne zu zögern gibt sich Selena seinem Begehren hin. Während Gavin jeden Zentimeter ihres Körpers mit erfahrenen Händen erkundet, sie nahezu bis zur Bewusstlosigkeit liebt, hört sie Lance melodische Stimme:

„In mir ist Nacht – oh, schnell besaite
die Harfe, die den Gram bezwingt;
Erweckt von leisen Fingern, gleite
der Schall, der süß und schmelzend klingt.
Wenn noch dies Herz nach Hoffnung ringt,
dein Zauberton lässt sie erblühn;
Wenn Träne noch im Aug entspringt,
sie fließt, anstatt im Hirn zu glühn.

Wild sei und tief der Töne Fluss -
Kein Lied, von Glück und Lust verklärt:
ich sag dir, dass ich weinen muss,
sonst springt dies Herz, von Qual verzehrt;
Denn sieh`, es ward von Gram genährt.
Schlaflos und schweigend kämpft es lang;

Nun hat es seinen Kelch geleert,
und bricht – oh, schmelz es im Gesang!"(4)

Selena schmeckt salzigen Tränen auf ihren Lippen. Sie weiß nicht, ob es seine oder ihre Eigenen sind.

Wach auf!

Selena irrt durch die Dunkelheit. Sie kann jede Zelle ihres Körpers spüren. Gavins Begierde hat sie in Tausende Splitter zersprengt und wieder zusammengefügt, obwohl er sie nicht einmal real berührte.

Sie sah mehr, als Gavin preisgeben wollte. Er konnte seine Pläne nicht vor Selena abzuschirmen, als er sie liebte. Und was Selena sah, erfasste sie mit Schrecken.

Selena riecht den Atem des Feuers und den Übelkeit erregenden Gestank von Blut. Sie kann nicht erkennen, was Projektion und was Real ist, aber sie darf nicht in der Finsternis bleiben.

Konzentrier dich, sagt eine Stimme. Immer weiter stolpert sie, ohne zu wissen, wo sie ist und wie sie dorthin gelangte. Kälte überzieht ihren erschöpften Körper. Ein Flüstern dringt in ihr Gedächtnis. Es kommt von weit her, aus einer anderen Zeit. Sie hält inne. „Sei ganz bei dir. Niemand kann dir etwas anhaben. Wir sind alle hier", die Stimme erfüllt sie mit Wärme.

Vor Selenas Augen erscheinen Gesichter. Vertraute und Fremde. Sie kommen, bleiben einen Moment, um im nächsten Augenblick einem anderen Gesicht Platz zu machen. Alle blicken liebevoll auf sie herab.

„Du kannst es", die Stimme ist ganz nah, „du weißt, was du tun musst. Du bist stark. Ich habe dich alles gelehrt."

„Papa!"

Selena weiß nicht, ob sie es ausspricht oder denkt. Sie spürt die starke Präsenz ihres Vaters ganz deutlich. Seinen vertrauten Geruch, seine Hand, die ihr sanft über das Haar streicht. Erleichtert dreht sie sich um und will sich in seine schützenden Arme werfen. Aber niemand ist bei ihr.

Er ist ein Trugbild der Erinnerung, schießt es Selena durch den Kopf. Eine erstickende Traurigkeit presst ihren Brustkorb zusammen. Heiße Tränenströme rinnen über ihre Wangen. Immer stärker wird die Flut, schwillt zu einem reißenden Strom, der Selena fortschleift und zu verschlingen droht. Sie strampelt mit Armen und Beinen, schluckt Wasser, spuckt und hustet. Panik krampft sich um ihr Herz, zerrt an ihr, bis sie erschöpft aufgibt. Als sich ihre brennenden Lungen mit Wasser füllen, hörte sie einen lang gezogenen Schrei:

„Selena hilf mir!"

Sie reißt die Augen auf.

„Alain", schreit sie auf.

Selena sitzt kerzengrade auf ihrem Bett. Kalter Schweiß rinnt über ihre Haut. Die Wangen glühen und ihr Herz rast, als hätte sie einen kräftezehrenden Marathon hinter sich. Selena lauscht in die Dunkelheit. Außer den üblichen Geräuschen in einem Haus, ist nichts Ungewöhnliches zu hören. Selena versucht Lance und Gavin zu erspüren. Sie kann sie nicht finden. Beide haben das Haus verlassen. Selena konzentriert sich und schüttelt den Schrecken der Vision ab. Ihr Vater hat Recht. Sie weiß, was zu tun ist.

Unter dem Dome

Idris hat keine Angst. Sein Kopf, der sonst voller Träume und Gedanken steckt, analysiert die Situation erstaunlich emotionslos. Die Straßen sind früh am Morgen menschenleer. Nur die Säuberungsmaschinen ziehen ihre vorgegebenen Bahnen. Das eintönige Surren beruhigt Idris. An Inessas geistloser Monotonie hat sich nichts verändert, seit Gavin das Haus seiner Großmutter betrat. Idris hat sich gewandelt. Als sei er aus einem langen Traum aufgewacht und lerne jetzt das echte Leben kennen. Er sieht die Straßen und Häuser, die er jeden Tag sieht. Hört die Geräusche und riecht die Gerüche, die immer da sind und doch erkennt Idris die winzigen Verschiebungen der Wirklichkeit. Sein Blick ist nicht mehr oberflächlich, wie es im Grunde sein ganzes Dasein gewesen ist, sondern scharf gestellt. Er geht als neuer Mensch durch Inessa.

Gemessenen Schrittes überquert er den kahlen Vorplatz des Dome, wartet bis sich die automatischen Schiebetüren öffnen und betritt den Dome. Ein Sicherheitsbeamter nickt ihm ein mürrisches „Morgen" zu.

Idris kennt den Mann. Nachlässig und unaufmerksam.

„Morgen", erwidert Idris.

Zu viele Worte werden den Mann an ihn erinnern und das will Idris vermeiden. Er legt seinen Tascheninhalt in ein Körbchen. Der Beamte wirft einen achtlosen Blick auf Idris Kleinkram, während der seine Identitätskarte ohne Eile durch den Schlitz an der Sicherheitsschleuse zieht und unter das Tor tritt. Der Computer scannt ihn von Kopf bis Fuß. Für den Bruchteil einer Sekunde befürchtet Idris, die Maschine könnte einen Fehler in seiner Matrix finden. Sofort verscheucht er den Gedanken. Idris muss nur so tun als ob – das beherrscht er meisterhaft.

Sein bisheriges Leben war ein einziges „so-tun-als-ob".

Idris steckt seine Habseligkeiten wieder ein. Der Sicherheitsbeamte würdigt ihn keines weiteren Blickes, sagt nur gelangweilt:

„Weiter."

Idris folgt der Aufforderung, ohne eine Gefühlsregung zu zeigen. Bei den Aufzugsschächten holt Idris einen Schlüssel aus der Hosentasche und steckt ihn in das Schloss, das sich unter den Etagenknöpfen befindet. Mit einer leichten Drehung nach rechts setzt er den Lift in Betrieb. Er hört das vertraute Geräusch und eine geradezu beschwingte Aufregung macht sich in seinem Körper breit. Je weiter sich die Kabine dem Ziel nähert, umso stärker verspürt er, wie das Blut durch seine Adern schießt und jeden Muskel, jede Sinneswahrnehmung schärft. Als er in die Liftgondel steigt, kommt es ihm vor als würde er sich aus einer flimmernden Projektion lösen und in die Wirklichkeit eindringen.

Idris setzt den Schlüssel ein zweites Mal ein, drückt auf den Knopf mit dem Buchstaben U. Vom Untergeschoss aus führen andere Aufzüge weiter in die Tiefe. Einer internen Legende zufolge haben die Erbauer von Inessa den Dome nicht nur in schwindelerregende Höhe gebaut, sondern ihm einen Wurzelstock von kaum vorstellbarem Ausmaß geben. Was sich dort befinden soll, wird nur hinter vorgehaltener Hand weiter getragen. Idris glaubt nicht die Hälfte von dem, was er aufschnappt. Gerüchte verbreiten sich wie ein Flächenbrand und aus einem Flüstern wird schnell ein Sturm.

Der Lift hält im Untergeschoss. Das weiße Neonlicht erhellt ein klinisch kahles Foyer mit einem Tresen und einem weiteren Sicherheitsbeamten. An einer Wand hängen verwaiste Sitzgelegenheiten aus Metall. Idris erinnert sich nicht, dass dort jemals ein Mensch gesessen hätte.

„Morgen Idris", begrüßt ihn der Mann, „ganz schön pünktlich?"

„Morgen Reno", erwidert Idris den Gruß, „heute ist Wartung."

Der Mann wirft einen Blick auf sein Infoboard, nickt zustimmend und wendet sich seinen Computerbildschirmen zu. Idris geht rechts an dem Tresen vorbei zu den Umkleiden. Schneller als sonst zieht er seine Uniform an. Die Zeit ist begrenzt. Es dauert nur wenige Sekunden einen Trojaner einzuschleusen und Gavin Zugriff auf den Hauptcomputer zu verschaffen. Er muss sich beeilen den genauen Punkt zu erwischen, an dem der zentrale Raum für wenige Minuten am Tag nicht unter strengster Bewachung steht. Idris geht zurück in die Vorhalle. Der Mann hinter dem Tresen schaut nicht auf. Idris steigt in einen der Aufzüge, die weiter in die Eingeweide des Dome hinabführen.

Idris nimmt seinen Kommunikator aus der Jackentasche, öffnet die kleine Klappe auf der Rückseite, entfernt eine winzige Speicherkarte und verschließt das Gerät. Er steckt beides zurück in seine Tasche. Der Lift hält auf der achten unteren Ebene. Idris steigt aus und geht nach links. Die Zentrale liegt in der Mitte des Dome. Ein riesiger runder Raum vollgestopft mit technischem Equipment. Der Hauptcomputer besteht aus langen Reihen miteinander gekoppelter Server.

Es ist das erste Mal, dass Idris der Gedanke kommt, wie leichtsinnig es ist, das Überleben dieser Megacity von einem Raum abhängig zu machen. Es gibt ein paar kleinere Räume mit Notgeräten, aber sollte der Zugriff auf die Zentrale gestört werden, ist Inessa von seiner Hauptader getrennt. Was wird passieren, wenn der Notfall eintritt? Idris nimmt an, dass sich niemand Gedanken darüber macht. Die Menschen glauben an Victors Macht und Victor vertraut auf seine uneingeschränkte Autorität.

Idris zieht seine Identitätskarte durch den Schlitz. Die Tür zum technischen Zentrum öffnet sich. Er tritt ein.

„Guten Morgen Daro", grüßt Idris höflich.

„Ein bisschen früh heute", knurrt der ihm zugewandte Wachmann.

Sein Doppelkinn bläht sich auf und fällt wieder in sich zusammen. Er mustert Idris mit zusammengekniffenen Augen. Salman, der zweite Milo, brütet über einem Stapel Akten und würdigt ihn keines Blickes. Er ist jünger als sein Kollege. Der magere Körper ist gekrümmt, als würde er von zu kurz gespannten Sehnen in seiner Form gehalten.

„Es kann sich höchstens um ein oder zwei Minuten handeln Daro", Idris lächelt, „früher Feierabend heute."

„Vorschrift ist Vorschrift", mischt sich der Krumme ein, ohne aufzusehen.

Daro zieht die Stirn grimmig zusammen und eine steile Falte gräbt sich zwischen seine buschigen Augenbrauen. Es gefällt ihm nicht, dass Salman sich die Entscheidungsgewalt anmaßt. Er ist immerhin der Ranghöhere. Daro zögert.

Idris sieht ihn mit unschuldigem Blick an. Sein Herzschlag beschleunigt sich leicht. Jetzt kommt es darauf an, ob die beiden Sicherheitsleute ihre Plätze früher aufgeben oder nicht. Die Sekunden ziehen sich zäh dahin. Idris fällt das Surren der Server auf. Er hört das Tippen auf der Tastatur von Salman wie Donnerschläge und im Hintergrund hallen die Schritte der Sicherheitsleute, die zwischen den Steckschränken hin- und herlaufen. Idris überlegt fieberhaft, wie er die beiden Männer zum Gehen bewegen kann.

Nur noch wenige Minuten, bis die Ablösung und die Wartungsleute der anderen Abteilungen auftauchen.

Daro erhebt sich ächzend. Sein Bauch gleicht einem dicken Sack, der über dem Gürtel seine Uniformhose hängt und auf und ab wappt. Wie hat der es geschafft so fett zu werden, schießt es Idris durch den Kopf, immerhin bekommen alle Erwachsenen die gleichen Rationen?!

„Na was soll`s", er wendet sich an seinen Kollegen und nuschelt, „eine Minute kann nicht schaden. Außerdem tut mir vom Sitzen der Hintern weh. Die Ablösung ist auf dem Weg."

Salman zuckt gleichgültig mit den Schultern. Die Befehlskette funktioniert einwandfrei, denkt Idris erleichtert. Er verkneift sich ein Grinsen. Daro drückt den Knopf neben einem Mikrofon. Er gibt die Meldung an seine Abteilung durch.

„Sicherheits- und Wartungskräfte fertigmachen zum Ausrücken. Die Ablösung trifft gleich ein."

Daro nickt Idris gnädig zu und quetscht

seine Körperfülle durch den Durchgang des runden Tresens. Sein Kollege drückt ein paar Knöpfe, schiebt die Akten zusammen, lässt sie in einer Schublade verschwinden, dann erhebt er sich ebenfalls und räumt das Computerterminal. Seine Haltung drückt Unterwürfigkeit aus, aber Idris sieht das verschlagene Glitzern in Salmans farblosen Augen. Ein unangenehmes Gefühl zieht sich sein Rückrad hinauf, bis in den Nacken und beschert ihm eine Gänsehaut.

„Bis zum nächsten Mal."

Idris versucht sich nichts anmerken zu lassen und wendet sich einem Computerterminal zu.

„Nur einen guten Rat", der Hinterlistige steht plötzlich dicht neben Idris, „sieh zu, dass du die richtigen Knöpfe drückst! Das letzte Mal hat dein Kollege einen Alarm ausgelöst. Wir hatten Mühe alles wieder ins Lot zu bringen."

Salman stößt ein unangenehmes Kichern aus.

„Ich strenge mich an."

Idris gibt sich unterwürfig. Seine Unruhe

wächst. Kann er den Trojaner rechtzeitig installieren? Adrenalin rast durch seine Adern. Es ist nicht leicht, etwas zu tun, das man im ungünstigen Fall mit dem Leben bezahlt und gleichzeitig unter enormem Zeitdruck zu stehen. Salman wirft Idris einen scharfen Blick zu, dann dreht er sich um und folgt Daro.

Idris atmet auf. Hastig schiebt er die Speicherkarte in den Steuercomputer. Auf einem der Monitore sieht er die Ablösetruppe anrücken. Nur wenige Augenblicke und sie stehen vor der Sicherheitsschleuse. Auf dem Bildschirm erscheint der Hinweis, dass die Karte geöffnet werden kann. Mit fliegenden Fingern gibt Idris die Befehle zur Übertragung ein.

Der erste Mann zieht die Identifikationskarte durch den Scanner. Idris starrt auf den Bildschirm. Der Downloadbalken nähert sich 100 Prozent. Idris Puls überschlägt sich. Vor der Sicherheitsschleuse gibt es eine Diskussion. Idris hört, wie jemand einen Befehl blökt, dann öffnet sich die Tür mit dem typischem Zischen. Idris zieht die Minispeicherkarte hastig aus dem Kartenslot und lässt ihn in die Tasche gleiten. Der Trojaner ist drin, alles andere liegt bei Gavin und Lance.

Endgültig

Gavin und Lance betreten Selenas Wohnung in der Dämmerung des neuen Tages. Als Lance die vielen Bücher in Selenas Wohnzimmer sieht, ist er begeistert. Sacht streicht er mit den Fingern über die Buchrücken. Deutlich fühlt er den Unterschied zwischen den weichen Leder - und rauen Leineneinbänden. Lance stellt sich vor, wie es wäre mit Selena auf dem weichen Teppich zu liegen und ihr aus Shakespeare vorzulesen, dessen roter Ledereinband besonders abgegriffen ist. Sie muss ihn oft gelesen haben, geht es ihm durch den Kopf. Ein Lächeln huscht über sein Gesicht, als er das Leuchten ihrer Augen vor sich sieht.

„Lance!", Gavins energische Stimme reißt ihn aus seinen Gedanken.

„Ja? Was ist?"

Erschrocken dreht er sich Gavin zu um.
Lance hat das Gefühl bei einer unerlaubten
Tat ertappt worden zu sein. Doch Gavin
wendet ihm den Rücken zu. Er steht am
Fenster und hat den Vorhang einen Spalt
aufgeschoben. Lance lässt sich an Selenas
Schreibtisch nieder, schließt den Computer
an und hackt sich in das Hauptnetzwerk des
Dome.

„Ich hoffe, Idris ist pünktlich", murmelt
Gavin und späht auf die Straße. „Ich kann es
kaum erwarten."

Das fiebrige Timbre in Gavins Stimme ist
nicht zu überhören und Lance hat plötzlich
ein ungutes Gefühl. Er fühlt, wie Gavins
Schutzpanzer langsam aufbricht und er dem
Tandark Krieger in sich immer mehr Raum
lässt. Wie ein Feuer, das so stark angefacht
wird, das der Ofen es nicht mehr in seinem
Inneren halten kann und explodiert.

„Warum haben wir Victor nicht früher an-
gegriffen?", fragt er Gavin.

„Weil du nicht mehr alleine sein wirst",
erwidert Gavin tonlos, den Blick weiterhin

stur aus dem Fenster gerichtet.

„Du willst mir sagen, du stürzt dich in den Tod, weil Selena für mich da ist?"

Gavin nickt. Er wendet sich Lance zu und versucht zu lächeln.

„So kannst du es auch ausdrücken."

„Du bist verrückt! Sie liebt dich."

Lance presst die Worte unter großer Anstrengung heraus.

„Ich weiß." Gavin zögert, bevor er es ausspricht. „Aber ich könnte sie niemals so lieben, wie ich es mir wünsche. So ungern ich es zugebe, aber du bist der, der ihr geben kann, was sie braucht." Er atmet tief durch. „Ich gehöre einer aussterbenden Spezies an, ebenso wie Victor. Das verbindet uns. Und ich werde es beenden."

Lance und Gavins Blicke treffen sich. Es gibt tausend Dinge, die Lance durch den Kopf gehen, aber ihm fehlen die Worte. Gavin geht auf ihn zu, legt ihm die Hand auf die Schulter. Lance spürt jäh einen heißen Stoß durch seinen Körper fließen. Vor seinem inneren Augen flammt eine furchtbare Erkenntnis auf.

„Was hast du getan?", flüstert Lance.

„Was getan werden muss!", Gavin lässt die Hand sinken.

„Inessa wird fallen."

Lance ist sich nicht sicher ob er entsetzt oder traurig sein soll. Gavins Miene ist undurchdringlich.

„Inessa muss fallen", seine Stimme ist kalt, „lass es mich tun. Ein letztes Mal auf meine Weise. Danach steht euch die Welt offen!"

„Aber die Menschen? Wie viele werden sterben?"

„Nicht mehr, als nötig. Für die Freiheit müssen Opfer gebracht werden."

Lance ist wie betäubt. Er weiß nicht, was er denken soll. Der Widerstreit seiner Gefühle zerreißt ihn fast. Gavin zieht den Laptop zu sich heran und steckt eine winzige Speicherkarte in den vorgesehen Steckplatz. Seine Finger fliegen über die Tasten. Bevor er auf „Enter" drückt, blickt er Lance freundlich an. Seine Stimme hat einen sanften nahezu beruhigenden Ton.

„Vertrau mir. Etwas Neues kann nur beginnen, wenn das Alte mit Stumpf und Stiel ausgerottet wird."

Lance will antworten. Gavin schüttelt den Kopf.

„Lebe und liebe. Bereue nichts."

Dann gibt Gavin den letzten Befehl ein.

Lance Herz rast wie eine Dampflok. Der Gedanke an das Chaos, dass Gavin in Gang setzt, nimmt ihm den Atem. Er wendet seine ganze Kraft auf seine Emotionen zu fokussieren. Seine Finger schließen sich automatisch um das kleine Buch in seiner Jackentasche, als könnte es ihm den nötigen Halt geben. Lance fühlt, wie sich der Einband verformt und bricht.

Entscheidungen

Als Selena den Dome betritt ist es so früh, dass die Putzkolonne gerade dabei ist den weißen Marmorboden der großen Halle zu polieren. Der wachhabende Sicherheitsbeamte zieht erstaunt eine Augenbraue hoch und winkt sie zu sich. Ohne eine Gemütsbewegung geht sie an den Empfangstresen. Ein Gefühl völliger Ruhe erfüllt sie. Bevor Selena entschied sich Victor zu stellen, war sie nervös und ängstlich. Nun gibt es kein Zurück. Nur vorwärts. Was geschieht – ob sie lebt oder stirbt – es bedeutet nichts. Victor muss ausgeschaltet werden und Selena besitzt die Fähigkeit dazu, auch wenn es alle Prinzipien, jede Moral und ihre Seele kostet.

Lance wird Alain in Sicherheit bringen, darauf kann sie sich hundertprozentig verlassen. Was Gavin betrifft, sie fürchtet um ihn. Selena verdrängt den Gedanken. Wenn sie an ihn denkt, kann sie ihren Plan nicht in die Tat umsetzen.

„Ziemlich früh für einen Besuch beim Lordprotektor", reißt der Beamte Selena aus ihren Gedanken.

„Lasst das den Lordprotektor nicht hören! Er schläft nie", sie lächelt kühl.

„Wohl wahr", erwidert der Mann und ein unangenehmes Grinsen manifestiert sich auf seinen schmalen Lippen. Er deutet mit einem leichten Kopfnicken auf den Bildschirm, „du wurdest als vermisst gemeldet Legat Selena.

Der Lordprotektor erwartet sofort Bescheid, wenn du wieder auftauchst."

„So?", Selena macht ein erstauntes Gesicht, „wie schön, dass er sich Sorgen um mich macht", säuselt sie so liebenswürdig es ihr möglich ist, „aber ich denke, es wäre netter, wenn ich ihn mit meiner Rückkehr überrasche."

Selena beugt sich vor und legt dem Sicherheitsmann ihre Hand leicht auf die Schulter. Ehe er reagieren kann, versetzt Selena ihn in Trance.

„Kein Grund etwas zu unternehmen. Alles ist in Ordnung."

Der Beamte sinkt auf seinen Stuhl. Mit glasigem Blick starrt er auf seine Bildschirme.

Selena bleibt wenig Zeit. Die Sicherheitsschleuse stellt ein Problem dar. Jede Person, die keine Karte durch das Lesegerät zieht, wird in der Zentrale angezeigt.

Selena schaut sich um. Ein Arbeiter der Putzkolonne befindet sich in ihrer Nähe. Er ist jung. Höchstens sechzehn Jahre alt. Ein Schauer läuft ihr den Rücken hinunter, wenn sie sich vorstellt, dass der Junge diesen stupiden Job für den Rest seines Lebens tun muss, nur weil er vielleicht aus den Randbezirken stammt und niemanden kennt, der sich für ihn einsetzt.

Mit einem freundlichen Lächeln geht Selena auf ihn zu. Der Junge sieht erstaunt auf und hält inne, als Selena sagt:

„Guten Morgen Junge."

„Guten Morgen, mein Name ist Celia."

Erst jetzt erkennt Selena, dass der vermeintliche Junge ein Mädchen ist. Das raspelkurze Haar und die dürre Gestalt im weiten Overall macht ihr Geschlecht unkenntlich. Celias Augen leuchten in einem klaren Blau. Lange Wimpern und fein geschwungene Brauen lassen das Mädchenhafte erkennen. Lustige Sommersprossen verzieren eine kleine Nase und schmale Wangen.

Selena legt ihr sanft die Hand auf die Schulter. Sie sieht eine wirre Mischung aus Victors Ideologie der „reinen Lehre", medialer Volksverdummung, Monotonie und Resignation. Nichts davon hat eine feste Form. Der Schund füllt Celias Gedanken, als hätte man ihn mit einem Trichter eingefüllt. Es ist leicht für sie Celias Geist zu lenken. Als Selena sie darum bittet, kramt Celia die Sicherheitskarte aus der Tasche und gibt sie ihr.

Es tut ihr Leid, dass sie das Mädchen in diese Sache hineinziehen muss. Auf jedes Fehlverhalten folgt Strafe. Ob selbst verursacht oder durch einen anderen. Mitgefangen mit gehangen. Ein ätzendes Gefühl von Wut und Ohnmacht rauscht durch Selenas Körper. Sie ballt die Fäuste. Das Ganze muss ein Ende finden, egal welche Konsequenzen es für sie oder Inessa hat. Dieses lähmende System aus Gewalt und mentaler Unterjochung darf nicht länger bestehen. Es wird Zeit den Pfropfen aus dem Trichter zu ziehen und den Müll wegzuspülen, denkt Selena.

„Lass deinen Gedanken strömen. Mach dich frei", flüstert Selena dem Mädchen zu, „sieh!"

Der Schleier vor Celias Augen fällt wie ein Stein, reißt die dürftige Fassade mit sich. Selena lächelt. Das Mädchen lächelt zurück. Sie erkennen sich, als sei das Kind aus einem langen atemlosen Albtraum erwacht.

„Was soll ich tun?", ihre Stimme klingt glockenhell in der Stille des frühen Morgens.

„Geh! Du wirst Lance finden. Es ist in deinen Gedanken."

Selena legt dem Mädchen sanft die Hand auf die Stirn, nickt ihr aufmunternd zu, dann schreitet sie gelassen durch die Sicherheitsschleuse, zieht die falsche Karte durch das Lesegerät und wartet auf den Lift.

„Was?", Gavins Stimme hat einen panischen Unterton. „Wo ist sie?"

„Selena ist im Dome. Auf dem Weg zu Victor", erwidert Lance tonlos.

„Das kann ich nicht glauben. Du musst dich irren."

Lance zieht erschöpft die Schultern hoch. Selena hat es fertiggebracht, sich gegen ihn abzuschirmen. Die Distanz zwischen ihnen und die Tatsache, dass Lance sich mit Alains Rettungsmission beschäftigte, machte es Selena möglich, sich in einem unbemerkten Augenblick seinem Schutz zu entziehen. Nachdem er es registrierte, versuchte Lance verzweifelt sie zu finden. Aber erst, als Selena ihrem Ziel ganz nahe war, ließ sie ihre Deckung fallen. Lance erkennt, dass sie sich intensiv auf die vor ihr liegende Aufgabe konzentriert.

„Wenn es Selena betrifft, irre ich mich nicht."

Gavin wirft seinem Bruder einen argwöhnischen Blick zu. Es ist nicht zu ändern. Lance Verbindung zu Selena ist einfach da. Gavin redet sich ein, dass es ihrer beider Gabe ist, die sie so eng aneinander schmiedet und doch ahnt er in einem verborgenen Teil seines Herzens, wie sehr Lance Selena liebt. Gavin braucht sie wie die Luft zum Atmen und Lance ebenso.

„Du musst ihr helfen", flüstert Lance.

Jegliche Farbe ist aus seinem Gesicht gewichen. Er hat das Gefühl sein Herz zerbirst. Nie hat er so große Angst empfunden. Weder, als er seine Eltern sterben sah und auch nicht, als er dem Tod nah war. Es war einfach. Die Augen schließen und die Dunkelheit willkommen heißen.

Stößt Selena etwas zu, weiß Lance, dass es nichts gibt, das ihn am Leben halten kann.

Diesen Schmerz kann er nicht bestehen. Nicht nachdem er sie geliebt hat. Endlich den Gleichklang eines anderen Herzens, eines anderen Verstandes spüren, nachdem er all die Jahre glaubte, allein zu sein, niemand zu haben, der ihn völlig versteht.

Lance ist Gavin dankbar für alles, was er für ihn getan hat. Er liebt ihn und gäbe sein Leben für ihn, aber sie sind so verschieden, wie zwei Menschen mit denselben Eltern nur sein können.

„Ich kümmere mich darum", Gavin legt Lance die Hand auf die Schulter und sieht ihn durchdringend an. „Du musst den Jungen holen! Tu, was nötig ist."

Lance nickt. Gavin drückt ihm den Laptop in die Hand.

„Schau dir die Pläne genau an. Präg dir alles ein, dann schnapp dir das Kind und Selena und lauf."

Lance sieht seinen Bruder verständnislos an.

„Gavin du wirst nicht sterben", beschwört er ihn.

„Es ist rücksichtsvoll von dir mich anzulügen", Gavin lächelt, „du warst immer der Bessere von uns beiden."

Lance schüttelt den Kopf. Tränen steigen ihm in die Augen.

„Ich habe zu viel verdorbenes Blut in meinen Adern. Meine Bestimmung war es dich zu beschützen. Das ist vorbei. Du bist stark genug und Selena wird bei dir sein. Denk immer daran, wie viel Glück du hast. Schätze es." Gavin umarmt Lance. Dann schiebt er ihn sanft von sich. „Mir bleibt nur Victor zu töten und diesen Laden hochgehen zu lassen", eindringlich sieht er Lance an, „Egal, wie viel Empathie du von Mutter geerbt hast, du bist ein Tandark! Feuer und Kampf! Blut für Blut! Tu mir einen Gefallen und konzentrier dich dies eine Mal auf die Gabe unseres Vaters. Es muss ein Ende haben!"

Ohne auf Lance Antwort zu warten, verlässt Gavin die Wohnung. Der Gedanke, dass Victor Selena etwas antut, lässt sein Blut kochen. Es gibt nichts, das ihn zurückhalten kann.

Die Türen des Lifts schließen sich.

„Selena!" Idris starrt sie entgeistert an. „Du dürftest nicht hier sein. Gavin überlastet das Energienetz. Alles bricht zusammen."

Selena legt einen Finger auf den Mund und schüttelt mit warnendem Blick den Kopf.

„Zum Lordprotektor", sagt sie emotionslos.

Idris drückt auf den Knopf, der sie in die letzte Etage bringt. Selena berührt mit den Fingerspitzen seine Hand. Eine Gänsehaut läuft Idris über den Rücken, als er Selenas Haut auf seiner fühlt. Tausendmal stellte er es sich vor, jetzt droht es ihn aus der Bahn zu werfen. Sacht streicht Selena über seinen Handrücken. Idris rasender Herzschlag besänftigt sich ein wenig.

„Sei ganz ruhig. Alles wird sich klären", hört Idris Selenas Stimme in seinen Gedanken. „Gavin will mich nicht hier haben. Aber ich muss hier sein. Ich kann Victor ausschalten. Niemand kommt so nah an ihn heran, wie ich."

Idris denkt:

„Gavin wird ihn töten."

„Darauf wartet Victor nur. Wir dürfen ihn nicht unterschätzen. In mir sieht er keine Bedrohung. Er will mich schon lange. Ich komme nah genug an ihn heran. Vielleicht kann ich dem Wahnsinn ohne Blutvergießen ein Ende machen."

„Das ist verrückt! Victor weiß mit Sicherheit bescheid. Er wird dich töten. Wir müssen verschwinden!"

Idris sieht wie der Spiegel Selenas bittersüßes Lächeln zurückwirft. Mit einem Handgriff löst sie den langen Zopf und die Haare fließen, wie goldene Sonnenstrahlen über ihre Schultern. Idris hält den Atem an.

„Das ist unwichtig. Ich hätte es längst beenden können. Es ist meine Schuld, dass Victor noch am Leben ist. Ich muss tun, was richtig ist", sagt sie leise.

Der Lift hält. Die Türen schweben lautlos auf. Selena tritt auf den Flur. Idris will sie zurückhalten, greift nach ihrer Hand. Sie dreht sich zu ihm um, nimmt sein Gesicht in ihre Hände und haucht ihm einen Kuss auf die Lippen.

„Bring dich in Sicherheit und pass auf dich auf!"

Selena lässt den verdutzten Idris stehen

und schreitet gelassen den langen Flur zu Victors Räumen hinunter.

Abrechnung

Selena klopft, bevor sie die beiden Türflügel aufstößt und die Machtzentrale des Lordprotektors betritt.

„Da bist du endlich! Ich hatte dich eher erwartet."

Selena nimmt den Spott in Victors Stimme wahr. Er sitzt auf seinem Thron und blickt abschätzend auf sie herunter. Ihm fällt sofort auf, dass sie ihre Haare offen trägt. Sein Atem beschleunigt sich. Der Schleier aus Gold erregt ihn. Maßlose Gier steigt in ihm auf.

Victor fühlt, dass sich in Selenas Verhalten etwas verändert hat. Er versucht sie zu durchschauen, aber Selena konzentriert sich ganz auf ihren inneren Kraftort. Sie sieht die Reihen ihrer geliebten Bücher vor sich. Riecht den trockenen Duft von Papier und

Leder. Denkt an Shakespeare, Oskar Wilde, Morgenstern und Rilke. Sie hört, die Stimme ihres Vaters, der ihr vorliest. Seine sanften Augen, die liebevoll auf ihr ruhen. Ihr Atemrhythmus ist entspannt. Sie sieht Victor ohne Angst in die Augen.

„Hat dich der Bastard gehen lassen oder bist du entkommen?"

„Weder noch", erwidert Selena ruhig, „ich bin gegangen, als ich es für nötig hielt."

Victor zieht fragend eine Augenbraue hoch. Selena schaut ihn immer noch direkt an. Leichte Nervosität erfasst ihn. Niemand hat sich je gegen seinen Blick behaupten können. Außer Alexander und dieser Soleas Hure Gwendolyn. Noch im Sterben hatte sie sich ihm verweigert.

Victor erhebt sich. Aufmerksam nähert er sich Selena.

„Und er hat dich gehen lassen?", fragt er.

„Er hat mich nicht gefangen gehalten. Ich konnte gehen, wann ich wollte."

Selena bemerkt, dass Victor immer in sicherer Distanz zu ihr bleibt und sie lauernd umrundet.

„Du scheinst beunruhigt Lordprotektor", sagt sie sanft. „Macht es dir so viel Angst, dass Gavin am Leben ist?"

„Nein", Victor schüttelt den Kopf, „ich habe nichts anderes erwartet. Der Soleas Clan ist schwach. Es hat sich wieder bewahrheitet. Ihr verdient die Vernichtung."

Selena zeigt keine Regung. Sie darf Victor keine Angriffsfläche bieten. Noch nicht.

„Warum hast du Gavin nicht längst getötet? Und warum bin ich noch am Leben?"

Victors raues Lachen prallt von den Wänden ab und hallt durch den Raum. Plötzlich bricht er ab. Stille senkt sich in den spärlich beleuchteten Raum. Victor kommt näher. Da steht sie. Zart und zerbrechlich. Es kann sein Verlangen nach Selena kaum zurückzuhalten. In seinem Herzen ist ein Loch und diese kleine Soleas Hure Gwendolyn brannte es hinein. Er kennt den Schmerz. Beißend giftig, der niemals nachlässt, ihn bis in seine Träume verfolgt. Damals mit Gwendolyn begann es und bedrängt ihn bis heute.

„Weil ich es wollte! Du bist mein Werkzeug. Durch dich ist Gavin schwach. – Schade, dass er nicht mein Sohn ist, ich hätte den perfekten Herrscher aus ihm gemacht. Den weltfremden Bruder zu erledigen ist reine Formsache." Victor machte eine wegwerfende Handbewegung. „Bastarde alle beide. Gavin soll zusehen, wie du stirbst – langsam und qualvoll. Dann werde ich ihn töten."

Victor umkreist Selena wie ein Geier. Betrachtet sie eingehend. Obwohl sie Uniform trägt, wirkt sie nicht unauffällig. Sie hält sich aufrecht, den Kopf erhoben. Ihr graziler Körper steht unter Spannung, ohne angespannt zu sein. Da fällt es Victor wie Schuppen von den Augen.

„Er hat dich zu seiner Hure gemacht!", keucht er.

Ein leichtes Lächeln umspielt Selenas weiche Lippen. Wortlos steht sie da. Wartet.

„Miststück! Du hast versagt!", schreit Victor und stürzt auf sie zu.

Er packt Selena am Arm. Sie wehrt sich nicht, wartet auf den Moment, in dem er alle Beherrschung verliert.

„Gavin hat nicht mit mir geschlafen. Es war Lance", setzt Selena ihn in Kenntnis.

Sie weiß, dass er Lance verachtet, weil er seiner Mutter Gwendolyn so ähnlich ist, sanft und still. Victor stößt einen rasenden Schrei aus. Mit einem Ruck reißt er sie nach hinten. Ein schauriges Knacken. Selenas schreit auf und geht in die Knie. Victor wirft sich auf sie. Presst sie mit seinem ganzen Gewicht nach unten.

„Dir werde ich zeigen, was es heißt von einem Krieger gevögelt zu werden!"

Victor schlägt ihr hart ins Gesicht. Selena schmeckt das metallene Aroma ihres Blutes auf der Zunge. Der Schmerz schießt durch ihren Körper. Der nächste Schlag folgt. Selenas Kopf schlägt auf den Boden. Victor versucht ihr die Uniform vom Leib zu reißen. Das ist der Moment auf den Selena gewartet hat. Sie berührt seine Hand. Ein heißer Stoß zuckt durch Victors Arm bis in seinen Kopf. Hastig springt er zurück.

„Ich weiß, was du vor hast Hexe!", brüllt er.

Victor eilt zu seinem Schreibtisch und drückt auf einen Knopf. Er zieht eine große Lade auf und holt ein Langschwert hervor.

Ein boshaftes Grinsen verzerrt sein Gesicht zu einer Fratze.

„Das Werkzeug eines Scharfrichters!", sein boshaftes Lachen lässt Selena das Blut in den Adern gefrieren, „es wird Zeit zu Ende zu führen, was ich angefangen habe."

Mit ein paar Schritten ist er bei Selena, holt aus, um ihr den Stahl in den Leib zu rammen. Mit einer geschickten Drehung weicht sie aus. Victor trifft daneben. Die Flügeltüren schwingen auf. Selena spürt Gavins Zorn. Victor blickt hoch.

„Du hast lange gebraucht! Sieh zu, wie sie stirbt."

Gavin streifte seinen Mantel ab und zieht ebenfalls ein Schwert. Seine Blicke spucken Flammen aus Hass.

„Das Schwert meines Vaters! Du hast ihn getötet und sein Schwert wird dich töten."

Victor lacht schallend.

„Wie prosaisch. Bist du so verweichlicht? Von dir hätte ich mehr erwartet. Gegen mich kannst du nicht bestehen. Ich bin ein Krieger. Du und dein Bruder seid Krüppel und sie hat euch dazu gemacht." Er deutet auf Selena. „Sie und eure Hurenmutter, die unser Blut verwässerte. Sie machte einen mitleiderregenden Schwächling aus deinem Vater und hetzte ihn gegen seine eigenen Brüder auf."

Gavins Augen schwelen schwarz vor Wut. Für den Bruchteil einer Sekunde herrscht Totenstille, die beiden Männer messen sich mit hasserfüllten Blicken. Mit einem Kampfschrei stürzen sie aufeinander los. Selena rappelt sich auf, sieht den beiden atemlos zu. Stahl kracht auf Stahl. Funken stieben. Victor steht Gavin in nichts nach. Geschickt und agil pariert er dessen Ausfälle. Aber Gavin ist Victor an Kraft überlegen. Seine Schläge treffen ihn hart, drohen ihn aus dem Gleichgewicht zu bringen. Es sieht es aus, als würde Gavin die Oberhand gewinnen. Victor zieht sich weiter in den Raum zurück. Gavin folgt ihm.

„Ich kenne deine Kräfte", Victors Stimme ist plötzlich gefährlich ruhig, „ich hätte dich längst erledigt, wenn ich es allein geschafft hätte!"

Überraschend spürt Selena eine rätselhafte

Macht, die nicht von Victor ausgeht, aber seiner sehr ähnelt.

„Bedauerlich – aber nicht zu ändern. Der Effekt bleibt der Gleiche."

Victor eilt die Stufen zu seinem Thron hinauf, drückt auf einen Knopf in der Armlehne. Selena hört ein Zischen.

„Gavin", ruft Selena alarmiert, „wir sind nicht allein."

Noch ehe sie ausgesprochen hat, ist Gavin von zehn schwarz gekleideten Männern umringt. Selena sieht zu Victor hinüber. Er macht einen sehr zufriedenen Eindruck.

„Extra für dich!", höhnte er, „die besten Kämpfer der Stadt. Rundum verbessert und ganz wild darauf, ihre Kräfte mit dir zu messen. Und das Besondere: du kannst sie mit deiner Gedankenkraft nicht beeinflussen. In ihrem Kopf steckt nur ein Gedanke! Dich und deinen Bruder ins Jenseits zu befördern."

Victor wendet sich an Selena und sein boshaftes Grinsen verwandelt sein markantes Gesicht in eine grausame Fratze.

„Das letzte Vermächtnis aus der Forschung

deines Vaters."

„Niemals hätte mein Vater etwas Derartiges erschaffen", schreit Selena ihn an.

„Das ist wahr. Aber dennoch ist es ihm zu verdanken. Ich habe das Ganze einfach umgedreht und voilà, viel Erfolg lieber Neffe."

Victor gibt den Männern ein Zeichen. Sofort stürzen sich die Vermummten auf Gavin. Selena schnappt nach Luft, als einer der Kämpfer einen Treffer landet. Gavin verzieht keine Miene. Nicht ein Schmerzenslaut kommt über seine Lippen. Selena kann fühlen, dass sich plötzlich etwas in Gavin verändert. Als hätte die Verletzung einen Schalter umgelegt. Er wirbelt durch den Raum wie entfesselt. Es dauert nicht lange und der erste Vermummte fällt. Gavin denkt nur an den Kampf. Er funktioniert. Dass er dabei Verletzungen einsteckt, scheint er nicht zu merken. Sein Körper ist eine Waffe. Die Männer bewegen sich mit berauschender Schnelligkeit.

Selena steht da und starrt fassungslos auf das Geschehen. Die Angst um Gavin hält sie gefangen. Victor nähert sich unbemerkt. Ein

Kämpfer nach dem anderen stürzt. Gavin blutet aus vielen Wunden. Es sind noch zwei Männer übrig. Sie umringen Gavin.

„Ach Gavin", schreit Victor, „sieh sie dir noch einmal an, bevor es zu Ende geht."

Gavin schaut zu Selena hinüber. Ihre Blicke treffen sich. Victor hebt sein Schwert und stößt zu. Selena fühlt den Stahl in ihrer Brust. Eiskalt. Stöhnen entringt sich ihrer Kehle. Ihre Lider flattern. Kälte flutet ihren Körper. Sie sackt zusammen. Gavins Schrei erreicht ihre Ohren, ohne dass sie ihn hört. Krachen von Stahl auf Stahl, das Spalten von Knochen, Schmerzensschreie erfüllen den Raum.

In dem behaglichen Nebel, der sich in Selenas Kopf ausbreitet, spürt sie kräftige Hände. Sie will sich wehren, aber ein vertrautes warmes Gefühl macht sich in ihr breit und löst sie aus der Dämmerung. Ein süßer Duft strömt durch ihre Gedanken und trägt eine kleine Melodie mit sich. Weiche Lippen küssen ihren Mund und vertreiben die Kälte aus ihrer Brust. Das Atmen fällt ihr leichter.

„Selena", hört sie Lance zärtliche Stimme.

Sie schlägt die Lider auf und schwebt in blauen Frühlingshimmelsaugen, die sie besorgt ansehen.

„Wo ist Gavin?", flüstert sie.

Sie will aufstehen. Lance hält sie zurück.

„Du bist noch nicht so weit."

Sie bemerkt, wie blass er ist. Dunkle Ränder liegen unter seinen Augen. Er macht einen völlig erschöpften Eindruck. Lance hat sie zurückgeholt.

„Lance! Was hast du getan?"

„Was nötig war."

Selena setzt sich gegen seinen Protest auf. Was sie sieht, erfüllt sie mit Grauen. Die vermummten Kämpfer sind tot. Gavin liegt auf dem Boden, sein Körper unnatürlich verdreht, die Kleidung zerfetzt und blutverschmiert. Victor steht über ihm, sieht triumphierend auf den bewegungslosen Körper. Seine Kleidung hat ebenfalls gelitten. Er blutet aus mehreren Wunden.

Selena springt auf. Lance will sie aufhalten. Er ist zu schwach. Ihre Heilung beanspruchte seine ganze Kraft. Victor hebt das Schwert zum letzten Schlag. Er wankt leicht. Selena wirft sich mit ihrem ganzen Gewicht auf ihn. Von ihrem Angriff überrascht stürzen die beiden zu Boden. Victor reagiert schnell. Mit einem kräftigen Stoß gelingt es ihm Selena umzudrehen. Mit seinem ganzen Gewicht drückt er sie zu Boden. Sein Gesicht verzerrt ein unheilvolles Grinsen.

„Es ist deine Schuld Soleas Hure! Deinetwegen stirbt er. Schwach geworden durch die Liebe zu dir!"

Victors irres Lachen erfüllt den Raum.

„Aber mich hat die Liebe stärker gemacht!", schreit Selena erbittert heraus, schlingt die Arme um seinen Hals, legt ihre Hände auf seinen Kopf, konzentriert sich.

Für einen Augenblick herrscht unheimliche Stille. Victor und Selena sehen sich an. Von Angesicht zu Angesicht. Dann, mit einem unmenschlichen Schrei, bäumt Victor sich auf. Er versucht Selena von sich zu stoßen, aber sie klammert sich an ihm fest. Er zappelt, dreht und wendet sich. Selena lässt nicht locker. Victor schreit, bis nur noch leises Röcheln aus seiner Kehle dringt.

Lance hat sich etwas erholt und kniet neben den beiden verschlungenen Menschen. Selena hängt in der Trance fest. Victor starrt mit glasigem Blick gegen die Decke und atmet unregelmäßig. Zwischendurch lösen sich Schreie aus seinem Mund, danach fällt er wieder in die Paralyse.

„Selena!" Lance strengt sich an ihre verkrampften Glieder von Victors Körper zu lösen. „Selena!"

Aber Selena ist so weit fort, dass sie Lance nicht hört. Sie verwendet ihre gesamte Willenskraft darauf Victors Gehirn zu leeren. Dabei sieht Selena seine Erinnerungen, seinen Hass, seinen Zorn, seine abscheulichen Pläne. Sie absorbiert eine monströse schwarze Wolke aus negativer Energie. Wirklichkeit und Illusion vermischen sich. Selena kann nicht loslassen.

Lance legt eine Hand auf ihre Stirn. Er zieht einen Teil der Energie aus ihren Gedanken auf sich. Schlagartig reißt sie die Augen auf. Ein Ruck geht durch ihren Körper. Selena saugt scharf die Luft ein. Ihre Verkrampfung löst sich schleppend. Sie gibt Victor frei. Lance zerrt ihn von Selena herunter und hilft ihr sich aufzusetzen. Gavin liegt nur eine Armlänge von ihnen entfernt. Selena rollt sich zur Seite und kriecht zu ihm.

„Gavin", schluchzt sie, „bitte wach auf!"

Seine herrlich sonnendurchfluteten Augen sind geschlossen. Das schwarze Haar hängt wirr in seinem kalkweißen Gesicht. Selena umarmt ihn mit aller Kraft, drückt ihr Gesicht gegen seine Brust.

„Gavin!", es ist ein verzweifelter Aufschrei.

„Ich bin hier."

Es ist nur das Echo eines Flüsterns. Das Knistern eines alten Blatt Papiers unter den Fingern, wenn es umgeschlagen wird. Selena hebt den Kopf, sieht das Zittern seiner Lippen und Lider. Gavin ist so schwach, dass er seine Augen nicht öffnen kann. Selena küsst seine bleichen Wangen, seine Augenlider, seinen Mund. Ihre heißen Tränen benetzen seine kalte Haut. Der Hauch eines Lächelns gleitet über seine Lippen.

„Selena", sie hält ihr Ohr dicht an seinen Mund, „alles wird gut. Du hast mir Glück geschenkt, dass ich nie für möglich gehalten habe."

Gavin hält einen Moment inne, schöpft Atem. Er schlägt die Augen auf und schaut Selena an.

„Ich war nicht für dich bestimmt. Küss mich noch einmal und dann geht, bevor alles in die Luft fliegt."

Selena beugt sich über Gavin, küsst unter Tränen seine kalten Lippen. Ein letzter Atemzug windet sich aus Gavins Lungen, dann verstummt sein Herz. Heftiges Schluchzen schüttelt Selenas Körper.

„Er hat nicht nur die Server sabotiert, er hat auch Sprengladungen an den strategisch wichtigen Punkten montiert", Lance löst Selena von Gavin. „Wir müssen gehen! Unbedingt."

„Wohin?"

Lance hebt Selena hoch. Sie legt die Arme um seinen Hals.

„Ich kenne den Weg."

Lance trägt sie zu den Fahrstühlen. Die Aufzugtüren schwingen auf. Lance tippt einen Code in das Zahlenfeld. Der Lift schwebt nach unten. Sie erreichen das Untergeschoss. Lance stellt Selena auf die Füße. Der Milo hinter dem Tresen sieht die beiden an, als wären sie Gespenster.

„Was habt ihr hier zu suchen?"

Der Milo betätigt das Mikrofon, um den Wachdienst zu rufen. Bevor er ein Wort sagen kann, hat Lance seine Stirn berührt. Der Mann geht zu Boden.

„Kannst du laufen?", fragt er Selena.

„Es wird gehen."

Lance führt Selena zu einem weiteren Lift. Er tippt den nächsten Zahlencode ein, drückt einen Knopf, der Aufzug setzt sich in Bewegung. Als sich die Türen wieder öffnen, sehen sie einen langen Tunnel vor sich. Der Gang ist nicht besonders breit oder hoch. Selena kann gerade aufrecht stehen, während Lance gebeugt, mit eingezogenem Kopf stehen muss.

„Wo ist Alain?"

„Bei Idris. Mit dem Kind, das du uns geschickt hast. Sie warten am Ende des Weges." Ein Lächeln huscht über sein erschöpftes Gesicht. „Du steckst voller Überraschungen."

Selena sieht Lance an, dass er die Wahrheit

sagt. Sie kann den Schmerz in ihm fühlen, die Risse, die sie und Gavin seinem Herzen zugefügt haben.

„Es tut mir leid", flüstert sie.

Lance legt den Finger auf seine Lippen und bedeutet ihr zu schweigen.

„Komm. Es wird Zeit. Alles wird sich ändern, aber wir sollten dann ein ganzes Stück weit weg sein."

Er nimmt Selenas Hand. Dann folgen sie dem Tunnel aus der Stadt hinaus in die Freiheit.

Himmel

Selena sitzt im weichen Sand. Sie lässt die winzigen Körnchen durch die Finger rinnen und schaut zu, wie sie mit dem Wind dahin stieben. Ihre goldenen Haare wirbeln wie ein Strudel aus Seide um sie herum. Sie schließt die Augen, spürt die laue Brise und die warmen Sonnenstrahlen auf ihrer Haut.

Selena denkt an Gavin. Seinen letzten Kuss.

Alles, was es zu sagen, zu erinnern, zu fühlen gab, lag in diesem Kuss. Ein ganzes Leben und eine ganze Liebe übertrug er mit der Berührung seiner Lippen. Es gab Zeiten da betrachtete Selena ihre Gabe als Fluch, aber in diesem Moment, erfüllte Gavin sie mit einem Wunder, einem Teil seiner Seele.

In ihrem Inneren fühlt sie das ewige Wogen und Wiegen des Meeres. Das Rauschen schwillt an und zieht sich zurück. Im Rhythmus der Dünung und des Windes. Selena öffnet ihre Augen und überlässt sie der Weite des Ozeans, der sich in seiner Unendlichkeit vor ihr ausstreckt. Ewig könnte sie da sitzen.

Ihr Vater hatte ihr von diesem sagenumwobenen Ort erzählt. Seine Familie stammte aus den Küstengebieten und seine Großeltern hielten die Erinnerung in ihm wach. Mit den Jahren verblasste sie, aber Selena las in ihren Büchern darüber, stellte es sich immer wieder vor, träumte davon.

An diesem Tag erkennt sie, dass sie nicht im Ansatz erfassen konnte, was Meer, Wind, Regen, Sonne wirklich bedeuteten. Die Liebe zu diesen Dingen liegt in ihrem Herzen fest verankert, wie die Liebe selbst. Die Zeit in Inessa konnte sie nicht auslöschen.

„Selena", hört sie Alains helle Stimme hinter sich.

Sie dreht sich um. Lachen läuft er auf sie zu. Seine Wangen sind vom Spiel gerötet. Alain genießt den Strand ebenso, wie Idris, Celia und Lance. Alain schlingt ihr die Arme um den Hals und drückt Selena einen Kuss auf die Wange.

„Spiel mit uns", bettelt er.

„Ich komme gleich", sagt sie und lächelt ihm zu.

Alain stürmt davon. Lance setzt sich zu ihr. Aufmerksam sieht er Selena von der Seite an. Sie schmunzelt und wendet sich Lance zu. Selena neigt sich zu ihm hin und biete ihm den Mund zum Kuss. Mit einem geschickten Griff zieht Lance Selena zu sich und drückt sie in den warmen Sand. Sein Haar hat durch die Strahlung der Sonne eine fast weiße Tönung angenommen. Dadurch strahlt das helle Blau seiner Augen noch auffälliger. Er wirkt gelöst und glücklich. Die Melancholie ist verflogen.

„Denkst du an Gavin?", fragt Lance sanft.

„Ja", Selena lächelt, „aber ich denke auch an meinen Vater. Wie glücklich er wäre, wenn er wüsste, dass wir hier sind. Unter dem wirklichen Himmel. Frei von Victors Tyrannei."

„So nehm ich denn die Finsternis
Und balle sie zusammen
Und werfe sie, so weit ich kann
Bis in die großen Flammen
Die ich noch nie gesehen habe
Und die doch da sind ... irgendwo
Lichterloh ... „ (5)

Lance melodische Stimme erfüllt Selena mit tiefer Zuneigung. Er ist ihr fehlendes Teil. Sie fügen sich ineinander und ergänzen sich. Mit ihm zusammen ist Selena heil und ganz. Vielleicht ist das der Punkt. Die Clans brauchten sich, um das zurückzuerhalten, was ihnen fehlte.

„Es ist wunderschön. Wer hat das geschrieben?"

„Der Dichter Paul Scheerbart."

„Darf ich dich um etwas bitten?"

„Um alles."

„Hör nie auf Gedichte für mich zu sprechen."

„Solange du es ertragen kannst", Lance lächelt.

Er betrachtet Selenas ebenmäßiges Gesicht. Ihre leicht gebräunte Haut, den sinnlichen Mund, den er am liebsten ständig küssen will. Lance sehnt sich in jeder Minute des Tages und der Nacht nach ihr. Manchmal empfindet er dieses unfassbare Glück als Schmerz. Selbst wenn sie sich gerade geliebt haben, und er Selena erhitzt und zitternd vor Lust in den Armen hält, verzehrt er sich nach ihr. Am Anfang dachte Lance, seine Leidenschaft würde vergehen, wenn er Selena nur oft genug liebte. Das Gegenteil ist eingetreten. Hinter jedem Gedanken weilt ein weiterer Gedanke entdeckt und gelebt zu werden. Und nach jeder Ekstase erwacht das Begehren nach einer weiteren. Ein Feuer, das alles niederbrennt, das sich ihm in den Weg stellt.

Es kommt Lance vor, als sei er aus einem

langen dunklen Traum hinausgeschossen an die Oberfläche eines glitzernden Sees. Millionen Wassertropfen spiegeln die Sonne in gleißender Helligkeit. Neugeboren, ans Licht gezerrt durch Feuer und Blut, wie der Phönix, das Wappentier des Tandark Clans. Er hat Selena eingeatmet und muss sie weiter atmen, um nicht zu ersticken.

Bevor er Selena traf, wünschte Lance sich schmerzlich, dass es diese Liebe geben könnte. Nun ist sie da und die Freude, die er empfindet, ist unbeschreiblich. Der belesene, poetische Lance kann keine Worte für das finden, was er fühlt. Das ist nicht nötig. Selena liest in ihm, nimmt seine Liebe auf und spiegelt sie, wie es niemand kann. Zärtlich streicht sie ihm eine widerspenstige Locke aus der Stirn. Lance beugt sich zu ihr hinab und haucht einen Kuss auf ihren Mund, der beide in Erregung versetzt.

„Ich liebe dich", flüstert er.

„Für immer und einen Tag", antwortet Selena.

Im Land der verlorenen Zeit weht ein frischer Wind, der die Finsternis vertreibt und neue Wege eröffnet.

Epilog

„Jede dunkle Nacht hat ein helles Ende."
Elijas Nizami

Der Junge ist etwa zehn Jahre alt. Dunklen Locken kringelten sich vorwitzig um seinen hübschen Kopf.

„Komm Papa, wir haben es gleich geschafft!", ruft er begeistert.

Immer wieder dreht er sich zu seinem Vater um, der ihm mit gleichmäßigem Schritt folgt.

„Ich bin dicht hinter dir Raffi", lacht der Vater, „lauf nur vor. Ich bin gleich bei dir."

Raffi rennt die letzten Meter des schmalen Weges den Hügel hinauf. Auf der grasbewachsenen Ebene hält er inne und lässt seinen Blick über das Ruinenfeld schweifen. Der Vater hat Raffi eingeholt. Er legt ihm den Arm um die Schultern.

„Das ist Inessa! Es ist kein Märchen?"

„Es ist alles wahr", bestätigt der Vater Raffis Frage.

„So groß hatte ich es mir nicht vorgestellt."

„Großvater Alain sagte dir, dass es eine gigantische Stadt war. Du kennst die Geschichte seiner Flucht in und auswendig."

Der Junge nimmt die Hand seines Vaters und drückt sie vertrauensvoll.

„Es muss schlimm gewesen sein, dort so viele Jahre eingeschlossen gewesen zu sein."

Die beiden Wanderer blicken schweigend auf die Überreste von Inessa. Es wird nicht mehr lange dauern und die Natur hat sich endgültig zurückgeholt, was ihr gehört. Alles, was bleibt, sind Erinnerungen, die in Geschichten weiter erzählt werden und überwucherte Reste einer Schreckensherrschaft. Ein Mahnmal für künftige Generationen.

Gedichte

DAS SCHWERT DER UMANYAR

Von Caroline Susemihl

Paul und Emily besuchen mit ihren Eltern ein Museum in einer alten Burg. Fasziniert bleiben sie vor einem Lang-schwert stehen. Während Paul die Objektbeschreibung liest, möchte Emily weitergehen. Plötz-lich beginnt das Schwert zu leuchten und richtet das Wort an die Kinder. Angsterfüllt wollen die Kin-der die Flucht ergreifen, aber das Schwert über-redet sie zu bleiben und der spannenden Ge-schichte zu lauschen, die es über seinen früheren Herrn Niall erzählt. Niall rettete als Junge einen Elbenprinzen aus den Fängen der bösen Hexe Moireach, begegnet dem letzten Drachen und muss einige Prüfungen erdulden, bis er am Ende für seine Heldentat belohnt wird.

ISBN: 978-3-7357-8882-5